Patrick Modiano

Pour que tu ne te perdes pas dans le quartier

这样你就不会迷路

〔法〕帕特里克·莫迪亚诺 著　袁筱一 译

人民文学出版社
PEOPLE'S LITERATURE PUBLISHING HOUSE

著作权合同登记号　图字 01-2016-2395

图书在版编目(CIP)数据

这样你就不会迷路/(法)莫迪亚诺著;袁筱一译.
—北京:人民文学出版社,2016
(莫迪亚诺作品系列)
ISBN 978-7-02-011527-3

Ⅰ.①这…　Ⅱ.①莫…　②袁…　Ⅲ.①中篇小说-法国-现代　Ⅳ.①I565.45

中国版本图书馆 CIP 数据核字(2016)第 069217 号

责任编辑　甘　慧　彭　伦　何家炜
装帧设计　汪佳诗

出版发行　人民文学出版社
社　　址　北京市朝内大街 166 号
邮政编码　100705
网　　址　http://www.rw-cn.com

印　　制　上海利丰雅高印刷有限公司
经　　销　全国新华书店等

字　　数　64 千字
开　　本　889 毫米×1194 毫米　1/32
印　　张　4.5
版　　次　2016 年 9 月北京第 1 版
印　　次　2016 年 9 月第 1 次印刷

书　　号　978-7-02-011527-3
定　　价　29.00 元

如有印装质量问题,请与本社图书销售中心调换。电话:01065233595

我无法给出事实，我只能呈现事实的阴面。

——司汤达

不会有什么的。就像被蚊虫叮了一下，开始似乎没什么感觉。不管怎么说，你这么低声地告诉自己，让自己安心。下午四点钟左右，让·达拉加纳家的电话响了起来，在他当作“书房”的房间里。他正蜷缩在房间一角的沙发里，那儿没有阳光的直射。可他已经好久都没听见过的电话铃声一直响个不停。怎么如此固执呢？也许电话那头的人忘了挂电话。最后，他还是不得不站起身，走到窗子旁边，那里阳光烤得厉害。

“我找让·达拉加纳先生。”

了无生气，可是却带有威胁的声音。这是他最初的感觉。

“是达拉加纳先生吗？您能听见我吗？”

达拉加纳想要挂掉电话。但那又有什么用呢？电话铃声还会重新响起，无休无止。除非是彻底拔掉电话线……

“是我。”

“我打电话来是为了您的电话本。”

上个月，在去天蓝海岸的火车上，他丢了电话号码本。是的，唯一的可能就是丢在这趟火车上。应该是他掏火车票给检票员的时候，从他口袋里滑出来的。

“我捡到了一个电话本，上面有您的名字。”

灰色的封面上写着，**如果您捡到，请交还给**……于是有一天，他下意识地将自己的名字写了上去，还有他的地址和电话号码。

“我给您送到家里来。您方便的日子，方便的时间。”

是的，这回可以确定。了无生气，带有威胁的声音。甚至，达拉加纳想，听上去想要敲诈。

“我更希望我们约在外面见。”

他努力地克服自己的不适感。可是，他本来想表现得无所谓的声音，却一下子显得很苍白。

“随您便，先生。”

接下来是一阵沉默。

“很遗憾。我现在离您家不远。我本来想亲手交给您的。”

达拉加纳在想，或许这个人就站在大楼前，或许他会一直待在那里，等着他出门，正好逮住他。要尽快摆脱这个人。

“我们明天下午见。”最后他终于开口说道。

“可以。不过，如果这样，就在我工作地点的附近。在圣拉扎尔火车站这边。”

他几乎控制不住地要挂掉电话，可他还是尽量保持冷静。

“您知道拱廊街吗？”电话那头问道，“我们也许可以在那里的一间咖啡馆见面。拱廊街 42 号。”

达拉加纳记下地址。他调匀了呼吸说：“好，先生。拱廊街 42 号，明天下午五点。”

接着他没等对方应答便挂了电话。但很快他就有些后悔，为自己粗暴的行为，他将这一切归咎于炎热的天气，几天以来，巴黎一直都这么热，在九月份实在有些不正常。是炎热加剧了他的孤独。他不得不把自己关在房间里，一直到黄昏时分。再说，电话铃声有好几个月的时间未曾响过了。还有案头的手机，他都不知道自己最后一次用它是在什么时候。他还不怎么会用这手机，老是按错。

如果陌生人没有打来电话，或许他已经忘记自己丢失电话本的事情。他试着记起电话本上都有哪些名字。上个星期，他甚至拿出张白纸，想要重建一个电话本，他已经开始写名单。可过了一会儿，他全撕了。这些名字对于他的生活而言，没有一个具有重要意义，再说重要的人，他根本没有必要记下他们的地址和电话。他都熟记在心。在这个电话本上，都只是些“工作上的”关系，或许有些地址还算得上有用，但至多不过三十来个人。再说这其中他还可以划掉好几个，因为已经不再往来。丢了电话本唯一让他感到忧心的地方其实是那上面有他自己的名字，自己的地址。当然，这件事也可以没有下文，可以让那个人在拱廊街 42 号白等一场。但是那样的话，总有什么东西悬而未决，会成为威胁。在某些孤独的下午，他经常会做梦，梦到电话铃声响起，一个温柔的声音与他相约。他想起自己曾经读过的一部小说：《相遇的时间》。也许这时间对他而言还没有结束。但是他对刚才那声音缺乏信任。了无生气，带有威胁，那声音。是的。

*

他让出租车司机把他丢在玛德莱娜教堂。比起前两天来天气似乎还不算热，只要选择人行道上的树荫下，走一走也无妨。他沿着拱廊街走下去，街上没什么人，在太阳的炙烤下一片沉寂。

他似乎已经一个世纪没有来过这个地方了。他记得妈妈应该就是在周围的一家剧院做演员，而他父亲在这条街的尽头，左手边，奥斯曼大道73号有一间办公室。自己的记忆里竟然还保留着73号，他感到十分惊讶。但是随着时间的流逝，过去变得如此朦胧……仿佛太阳下消散的一团水蒸汽。

咖啡馆就坐落在这条街和奥斯曼大道的拐角处。咖啡馆里没有人，账台上方竖着陈列架，就像是在自助餐厅或是汉堡餐厅一样。达拉加纳在角落的一张桌子前坐下来。陌生人会来赴约吗？因为天热，两扇门都敞开着，一扇朝向拱廊街，另一扇朝向奥斯曼大道。在街的另一头，就是73号那幢大楼……他在想，是不是父亲办公室的某扇窗户就朝向这边？是在哪层来着？但是记忆渐渐地消散了，就像是肥皂泡，或者在醒来之际蒸发的梦的碎片。或许在玛杜兰街的咖啡馆里，他的记忆能够坚持更久，因为那家咖啡馆就在剧院前，而他以前一直在剧院等母亲，再不，在圣拉扎尔火车站附近，那也是他以前经常去的地方。但是不。当然不会。因为他记忆里的那座城市早已不在了。

“是让·达拉加纳先生吗？”

他听出了电话里的声音。一个四十来岁的男人站在他面前，身边是一个比他年轻的姑娘。

“吉尔·奥托里尼。”

是电话里的声音，了无生气，带有威胁。他指着姑娘说：

“我的一位朋友……尚塔尔·格里佩。”

达拉加纳待在长凳上，一动不动，他甚至没有向他们伸出手。他们俩在他对面坐了下来。

“请原谅，我们迟到了……”

他用一种略带讽刺的口吻说道，也许是为了掩饰自己的窘态。是的，就是电话里的声音，带一点点几乎察觉不出的米迪地区的口音，前一天，达拉加纳在电话里甚至都没有注意到。

象牙色的皮肤，黑眼睛，鹰钩鼻。脸很瘦，无论从侧面还是正面看都很尖。

“这是您的东西。”他对达拉加纳说，还是同样的，仿佛为了掩饰窘意的讽刺口吻。

他从外套口袋里拿出电话本，放在桌上，将手掌覆了上去，五指分开。看上去像是要阻止达拉加纳拿回他的电话本似的。

姑娘微微缩在后面，就好像不愿让别人注意到她，这是一个三十来岁的棕发女子，头发不长不短。她上身穿着一件衬衫，黑裤子。姑娘颇为焦虑地看了一眼达拉加纳。看到她高高的颧骨，细长的眼睛，达拉加纳禁不住想，她是不是越南人——或者中国人。

“您从哪里找到的电话本？”

“地上，在里昂火车站一间餐厅的长凳下面。”

他把电话本递给达拉加纳。后者将电话本塞进口袋里。的确，他回忆起去天蓝海岸的那天，他提早到了里昂火车站，也的确在二楼的餐厅里坐过。

“你们想喝点什么吗？”他问自称为吉尔·奥托里尼的人。

达拉加纳很想迅速逃离他们。但是他改变了主意。

“怡泉苏打水。”

“去找服务生。我来杯咖啡。”奥托里尼转向姑娘说道。

姑娘立刻站起身来。表面上看起来，她很听他的话。

“丢了电话本，也许您感到不太方便……”

他挤出一个古怪的笑容，在达拉加纳看来甚至有点无礼。但也许是因为笨拙或害羞吧。

“要知道，”达拉加纳说，“我几乎不怎么打电话。”

对方吃惊地看了他一眼。姑娘又重新向他们坐的这张桌子走来，坐回原来的位子。

“他们这会儿不提供服务了。说马上就关门。”

这是达拉加纳第一次听到姑娘的声音，她的声音嘶哑，而且没有身边这个男子那种轻微的米迪地区的口音。更像是巴黎的口音，如果所谓的巴黎口音可以说明一点什么问题的话。

“您在这一带工作吗？”达拉加纳问。

“在一家广告公司，帕基尔街。斯威尔茨公司。”

“您也是？”

达拉加纳转向姑娘。

“不，”奥托里尼没容姑娘开口就替她答道，“她目前不工作。”接着他的脸上又浮现出令人愤怒的笑容。姑娘也笑了。

达拉加纳急着想告辞。如果他现在不那么做的话，还能摆脱他们吗？

“坦率地说。”他冲达拉加纳弯下身，声音变得尖锐起来。

达拉加纳又有了昨天听电话时的那种感觉。是的，这个男人有一种猥琐的坚持。

“我出于单纯的好奇……翻了您的电话本……”

姑娘转过头，想装出什么都没听见的样子。

“您不会因此怨恨我吧？”

达拉加纳直视着他的眼睛。对方也承受着他的目光。

“为什么要恨您？”

沉默。对方终于垂下眼睛。接着，他用同样的，金属般的声音说道：

“我在您的电话本上发现了一个人的名字。我希望您能告诉我一些他的情况……”

他的声音变得谦卑起来。

“请原谅我的唐突……”

“谁？”达拉加纳很不情愿地问道。

他突然间想要起身快步离开，走向朝着奥斯曼大道的那扇门。呼吸到外面自由的空气。

“一个叫吉·托尔斯泰尔的人。”

他一字一顿地讲出这个人的姓和名，仿佛是为了惊醒对方沉睡的记忆。

“您说的是？”

“吉·托尔斯泰尔。”

达拉加纳从口袋里掏出电话本，翻到字母 T 打头的一页。他看到电话本上有这个名字，就在这一页的上方，但是他想不起来这个叫吉·托尔斯泰尔的人。

“恐怕我不太清楚。”

“真的吗？”

对方似乎有些失望。

“电话号码还是七位数，”达拉加纳说，“至少应该是三十来年前记的了……”

他翻了翻。其他的电话号码都是今天用的号码。十位。然而这本电话本他才用了五年。

“您想不起任何和这个名字有关的事情吗？”

“想不起来。”

要是在几年前，他可能还会显得更加亲切点儿，所有人也都是那么说的。他会说：“给我一点儿时间，让我把这个谜弄弄清楚……”但是这一次，他没有这么说。

“是因为一桩新闻，我正在收集材料，找到了不少，”对方说，“那里面提到过这个名字。所以……”

突然间，他似乎为自己辩护起来。

“什么新闻？”

达拉加纳机械地问了这个问题，就好像他又恢复了以前那种彬彬有礼的自然反应。

“一桩旧新闻……我想要就这件事情写篇文章……以前我是记者，您要知道……”

但是达拉加纳的注意力消散了。他必须尽快摆脱他们，要不然这个男人会对他讲述自己的整个儿人生。

“我很抱歉，”他说：“我记不起这位托尔斯泰尔先生了……在我的年纪，我们会丢失掉记忆……很不幸，我要告辞了……”

他站起身来，和两位握手。奥托里尼生硬地看了他一眼，就好像达拉加纳辱骂了他，他正打算激烈回骂一般。姑娘则垂下了眼睛。

他向大敞着的、面朝奥斯曼大道的那扇门走去，暗自祈祷那个男人不要拦住他。来到外面，他大口地呼吸着空气。真是个怪念头，和一个陌生人约会，而他三个月以来没有和任何人见过面，而且他再也不会因此感到不适了……正相反。在这种孤独之中，他从来没有感觉到如此轻松过，早晨或者晚上他还会有非常奇怪的、激动的时刻，就好像一切皆有可能，好像一部电影的片名所说的那样，街角就有奇迹在等待着他……自从这年夏天，生活变得如此之轻盈，这是所有的夏天他都不曾有的感觉，即便是年轻的时候。但是夏天，一切都被悬置在那里——一个"形而上"的季节，这话是他的哲学老师莫里斯·卡文说的。真是滑稽，他想得起"卡文"这个姓，可他却想不起那个托尔斯泰尔是谁。

太阳还在，一片薄雾减轻了点儿热气。在这个时间，奥斯曼大道上没什么人。

在过去的五十多年里，他经常打这儿过，甚至是小的时候，他的母亲也经常领他过来，就这条大道上，往北一点，上春天百货。但是这个傍晚，他突然觉得这座城市让他感到好陌生。他已经解开了他和这座城市所有可能的联系，或者，是这座城市抛弃了他。

他在街边的凳子上坐下来，从口袋里掏出电话本。他很想把电话本撕了，撕成碎片，扔在凳子旁边那个绿色的塑料垃圾桶里。但是他犹豫了。不，待会儿再说，回家以后，这样可以安安静静地干这件事。他漫不经心地翻着电话本。这些电话号码里，他没有一个想要拨的。再说，他真正觉得重要的、熟记在心的两三个号码也不在这个本子里，况且这两三个号码也永远不会有应答了。

上午将近九点，电话铃响了起来。他才醒。

“达拉加纳先生吗？我是吉尔·奥托里尼。”

比起前一天来，这声音似乎不那么具有攻击性了。

“对于昨天，我感到很抱歉……我觉得我似乎冒犯了您……”

声音彬彬有礼，甚至显得很恭敬。没有了那种令达拉加纳十分不快的猥琐的坚持。

“昨天……我在大街上追了您一阵……您走得很突然……”

沉默。但是这次的沉默不那么凶险。

“您知道，我读过您的几本书。尤其是《夏日的黑暗》……”

《夏日的黑暗》。他想了几秒钟才反应过来，的确，这是他以前写的一本书。他的处女作。那么遥远的事情……

“我很喜欢《夏日的黑暗》。我们谈论的，在您电话本上的这个名字，就是这个托尔斯泰尔……您在《夏日的黑暗》里用过。”

达拉加纳一点也想不起来。不过，有关这本书的其他部分也没想起来。

“您肯定吗？”

“您只不过是提了这个名字……”

“我需要重新读一下《夏日的黑暗》。但是我家里一册也没有了。”

“我可以把我的借给您。”

达拉加纳觉得对方的声音干巴巴的，几乎能够称得上无礼。也许他弄错了，也许。因为经历了太长的孤独——自夏初以来他没有和任何人说过话——，你变得多疑，胆怯，不相信你的同类，对于他们，你险些做出了错误的判断。不，他们不那么坏。

“昨天，我们没有时间涉及细节……但是对于这位托尔斯泰尔先生，您打算做些什么呢……”

达拉加纳重新找回了那种欢快的语调。只需要和随便什么人说说话。就像是为了恢复身体的柔韧性做几节体操热热身。

“看上去他和一桩社会新闻有关……下次我们见面的

时候，我可以把资料给您看……我和您说过，我想就此事写一篇文章……”

这也就意味着他希望和达拉加纳再次见面。为什么不呢？这段时间以来，一想到生活里会闯入新人，他就会感到犹豫。但是，有些时候他也会觉得未尝不可。得看日子。最后他说：

“那么，我能为您做些什么呢？”

“因为工作的原因我要离开两天。回来后我给您打电话。然后我们再约。”

“好吧。”

他的情绪和昨天已经完全不同。也许他这么对待吉尔·奥托里尼是不公正的，因为和他见面的日子正好不对。或许还因为那天下午的铃声，将他从半睡半醒中突然惊醒了……这几个月来，电话铃声很少响起，所以让他吓了一跳，让他觉得很危险，就像是有人在黎明时分来敲门一样。

他不想重读《夏日的黑暗》，即便读了，他很可能觉得是另外一个人写的。他或许只会请吉尔·奥托里尼把与托尔斯泰尔相关的那几页复印给他。这会足以让他想起些什么吗？

他打开电话本，翻到T字母打头的一页，用蓝色的圆珠笔在“吉·托尔斯泰尔，4234055”下面画了一道线，然后又在名字旁边打了个问号。这本电话本上的号码是他从旧的电话本上抄来的，当时就把已经不在的人和不用的号码删去了。而这个托尔斯泰尔的名字之所以会溜进这一页，出现在页码的上端，可能是他一时不留神所致。也许应该找到三十多年前的那本电话本，也许，在众多旧时的名字中看见他的名字，记忆就可以重新回来。

但是今天他已经没有勇气去翻找橱柜和抽屉了。更没有勇气重读《夏日的黑暗》。再说，已经有一段日子了，他的阅读仅限于一个作者：布封。他在这阅读中找到了很多安慰，因为布封简单清澈的风格，他很遗憾自己没能受到布封的影响：写一些主人公是动物的小说，甚至可以是树，或者花……如果如今有人问他梦想成为什么样的作家，他一定会毫不犹豫地回答：写树或者花儿的布封……

差不多和那天下午是同一个时刻，电话铃响了起来，他想应该还是吉尔·奥托里尼。但不是，是女性的声音。

“尚塔尔·格里佩。您记得我吗？昨天我们见过面，和吉尔在一起……很抱歉打搅您……”

声音很轻，夹杂着噼噼啪啪的声响。

沉默。

“我很想见您一面，达拉加纳先生。想和您谈谈吉尔……”

现在声音听起来更近一点了。这位尚塔尔·格里佩应该是战胜了自己的羞怯。

“昨天傍晚您走以后，他担心您生他的气了。他现在因为工作去了里昂，要在那里待两天……您同意我们在傍晚的时候见一面吗？”

尚塔尔·格里佩的声音很确定，就像一个潜水运动员，只是在跳入水中之前犹豫了一会儿。

“五点钟左右，可以吗？我住在夏洛纳街 118 号。”

达拉加纳在电话本上记下了地址，就在写着吉·托尔斯泰尔名字的那一页上。

“五楼，走廊尽头的那一间。楼下的信箱上写着。信箱上用的是若瑟芬娜·格里佩的名字，因为我换过名字……”

“夏洛纳街 118 号。六点钟……五楼。”达拉加纳重复道。

“是的，是这样……我们谈谈吉尔……”

等她挂了电话，她最后的那句“我们谈谈吉尔”一直在达拉加纳的脑袋里回荡着，就像是一首亚历山大体诗歌精彩的结尾。他得问问她，为什么她会换名字。

*

一幢砖砌的楼房，比起周围的房子来都要高，微微有些显旧。达拉加纳宁可走楼梯上五楼，也不想乘坐电梯。走廊尽头，在门上，贴着一张名片，上面是“若瑟芬娜·格里佩”。不过，“若瑟芬娜”的名字用紫色墨水划去了，代之以“尚塔尔”。他正准备按门铃，可门开了。她穿着一身黑，就像那天在咖啡馆里一样。

“门铃坏了，不过我听到了您的脚步声。”

她笑盈盈地一直站在门口。给人的感觉是不想让他进去。

“如果您愿意，我们可以在外面喝一杯。”达拉加纳说。

“不，请进。”

房间不大不小，右边有扇门开着，看上去应该是浴室。天花板上吊着个灯泡。

“房子不大。但是我们在这里更方便谈话。”

她走向两扇窗户之间一张小小的浅色办公桌，在那儿拿了把椅子，放在床旁边。

“请坐。”

她自己坐在床边，更确切地说，是床垫，因为下面没有架子。

“这是我的卧室……吉尔给自己找到了更大的房子，在第十七区，格莱西沃丹广场。”

为了和他说话，她需要抬起头。如果由他决定，他情愿席地而坐，或者挨着她，也坐在床边。

“吉尔很相信您，认为您会帮助他写这篇文章……您知道，他写过一本书，但是他不敢告诉您……”

坐在床上的她向后仰去，伸手从床头柜上拿了本绿色封皮的书。

“就是这本……不要告诉吉尔，我把书借给您了……”

薄薄的一册，书名是《骑马闲逛》，从书的背面看来，是三年前出的，萨布里埃出版社。达拉加纳翻开来，看了一眼目录。书有两大章构成：一章是“赛马场”，另一章是“马术学校”。

她用她那双细长的眼睛盯着他。

“我们俩见面的事情最好不要让他知道。”

她站起身，关上一扇微微开了一条缝的窗，然后再一次在床边坐了下来。达拉加纳觉得，她之所以关上窗，就是不希望别人听见他们的谈话。

“在斯威尔茨公司工作之前，吉尔在专业杂志报纸上写赛马的文章，或者关于马的文章。”

她犹豫着，就好像在想是不是要说出这个秘密。

“他年轻的时候，在拉菲特学校学过马术。但是那太难了……他不得不放弃……如果您读了这本书，您会看到的……”

达拉加纳仔仔细细地听着。以这么快的速度进入别人的生活，这实在有点奇怪……他原本认为以他的年龄，不应该再会有这样的事情，因为他懒，也因为感觉到别人正在渐渐远离。

“他曾经带我去过赛马场……他教我赌马……这就像吸毒，您知道的……”

她显得有些悲伤，突然之间。达拉加纳在想，也许她是在寻求他的支持，物质上的或者精神上的。而她刚才说的那些词掠过他的脑际，是这么沉重，以至于他有些想笑。

“那您一直去赛马吗？”

“越来越少了，自从他在斯威尔茨公司工作之后。”

她降低了声音。仿佛是在害怕吉尔·奥托里尼会突然闯入她的房间，当场抓住他们俩。

“我把他为文章收集的笔记给您看……也许您认识所有这些人……”

“什么人？”

“例如他和您谈起的那个人……吉·托尔斯泰尔……”

她再一次向后仰去，从床头柜下拿出一个天蓝色的硬纸袋，打开了它。纸袋里有一些打印的纸张，还有一本书，她递给了他：《夏日的黑暗》。

“我情愿让您来保管这本书。”他干巴巴地说。

“他在您提到吉·托尔斯泰尔的那一页上做了标记……”

“我会请他复印给我。这样我就不需要把整本书读一遍……”

看到他不愿意重新阅读自己的书，她感到很吃惊。

“过一会儿我们去复印他的笔记，这样您就可以带走了。”

她指了指那堆打印的纸头。

“但是这一切，您都不要告诉他。”

达拉加纳觉得自己都有点坐僵了，为了掩饰窘态，他翻了翻吉尔·奥托里尼的书。在“赛马场”这一章里，他的目光正好落在用大写字母印着的一个词上：LE TREMBLAY。勒特朗布莱。这个词在他的内心揿下了一个开关，他也不明白是为什么，就好像某个他已经遗忘细节渐渐回到了他的记忆中。

“您瞧……这是一本有趣的书……”

她冲他抬起头，微笑。

“您在这里住了很久？”

“两年。”

米白色的墙应该是有些年头没刷了，小办公桌，朝向院子的两扇窗户……他也曾经在类似的房间里住过，和尚塔尔·格里佩一般年纪，或者再年轻一点的时候。但那时候他并不住在东面。应该是在南边，十六区或者十五区的环城路上。还有西北面的格莱西沃丹广场，她刚才恰巧也提起过，冥冥之中的巧合。还有就是蒙马特高地下面，在皮卡尔（Pigalle）和布朗什之间。

“我知道，今天早晨出发去里昂之前，吉尔给您打过电话。他没和您说什么特别的事情吗？”

“他只是说我们再见一面。”

也许吉尔·奥托里尼知道他们今天的约会。他觉得她比他更具说服力，更让人有交谈的欲望，就像在讯问的时候，讯问警察轮流上一样。不，他并没有去里昂，他就在门后听他们说话。这个想法让他禁不住笑了。

“也许我很冒昧，可是我在想，您为什么要换名字。”

“我觉得‘尚塔尔’这个名字比‘约瑟芬娜’简单。”

她很认真地说，就好像换名字的确是思考成熟后才做出的决定。

“我觉得现在好像没有人叫尚塔尔了。您是怎么知道有这个名字的呢？”

“我在日历上选的。”

她把天蓝色的硬纸袋放在床上，她的身边。一张大大的照片露了一大半出来，就夹在《夏日的黑暗》和打印的纸张之间。

“这是什么照片？”

“一个孩子的照片……您瞧……这也是卷宗的一

部分……”

他不喜欢这个词，“卷宗”。

“吉尔从警察局搞到了他感兴趣的这桩新闻的相关资料……我们认识一个也玩赛马的警察……他去调了档案……找到了这张照片……”

她又恢复了那天在咖啡馆里的嘶哑的声音，在她这样的年纪，有这样的声音，还是有些让人吃惊的。

“您同意吗？我坐在这椅子上太高了。”

他席地而坐，挨着床。现在他觉得和她在同一个高度上了。

“可别……您这样会不舒服的……坐到床上来吧……”

她冲他弯下身，她的脸如此挨近他的，他看见在她的左脸颊上有一个小小的疤痕。勒特朗布莱。尚塔尔。格莱西沃丹广场。这些词开启了属于自身的道路。蚊虫的叮咬，开始那一下很轻，接下来，痛苦越来越强烈，然后很快就是那种撕心裂肺的感觉。现在和过去混在一起，如此自然，因为现在和过去之间只隔着一张薄膜，只需要蚊虫轻轻张开口就能够戳破这张薄膜。他说不清楚是哪一年，反正那时他还很年轻，他待在和这里差不多大的一间房子里，身边有一个姑娘，也叫尚塔尔——那个时代这个名字还很常见。那个尚塔尔的丈夫，一个叫保罗的人，还有他们的一些朋友，他们星期六都有去巴黎附近赌场玩一把的习惯，安亘，福尔日莱索……要第二天才回来，总是赢一点点钱。而他，达拉加纳，他就和尚塔尔在格莱西沃丹广场的房间里待上整整一夜，直到他们回来。保罗，尚塔尔的丈夫也赌马。这是一个赌徒。和他在一起，往往都得翻倍加注。

另一个尚塔尔——现在的这个——站起身来，打开了两扇窗户中的一扇。房间里已经非常热了。

“我在等吉尔的电话。我不会告诉他您在这里。您能答应我，帮帮他吗？”

他又一次感觉到，他们俩是商量好的，她和吉尔·奥托里尼，他们不想他有片刻的喘息，所以轮流约他。但是目的何在呢？再说，帮他？确切地说，帮什么？帮他写一篇关于旧闻的文章，而且他，达拉加纳到现在为止根本一无所知？也许这“卷宗”——就像她刚才说的那样，这卷宗，就在床上，她身边，在敞着口的硬纸袋里，这卷宗能帮他澄清些什么。

“您答应我帮他吗？”

她显得更加坚决，晃动着食指。他不知道，这算不算是威胁的手势。

“那他必须告诉我，从我这里，他究竟希望得到些什么。”

浴室的方向传来一阵尖锐的铃声。接着，是音乐声。

“我的手机……应该是吉尔……”

她走进浴室，关上身后的门，看上去不愿意让达拉加纳听到她说话。他坐在床沿上。刚才他还不曾注意到，就在进门的地方有一个衣架，上面挂着一件裙子，他觉得应该是黑缎的。肩膀两侧用金色丝线各绣着一只小燕子。在臀部和腕间装饰着拉链。一件旧裙子，也许是在跳蚤市场买的。他想象她穿着这件黑缎的，两侧各有一只金燕子的裙子的样子。

浴室门背后，时不时的是长时间的沉默，每一次，达拉加纳都以为他们的电话要结束了。但是他总是又听到她用嘶哑的声音说：“不，我向你保证……”这句话重复了两到三次。他还听到她说：“不，不是这样的。”还有，“比你想象的要简单得多……”听上去，吉尔·奥托里尼应该是在指责她，或是在倾诉自己的烦忧。而她试图安慰他。

谈话在继续，达拉加纳想要悄悄地离开房间。更年轻的时候，他利用一切机会逃离他人，他自己也不知道为什么：一种想要切断联系，呼吸自由空气的愿望？但是如今，他觉得自己应该顺应潮流，没有必要做无用的抵抗。他从天蓝色的硬纸袋里拿出那张刚才令他颇为好奇的照片。乍一看，很像是一张放大的身份证照。一个大约七岁左右的孩子，短发，五十年代初时都是这样的发型，当然现在的孩子也许还会这样打理头发。我们生活的这个时代，所有的样式，过去的过去，过去以及今天的样式都混在一起，也许在孩子的发型上，我们回到了过去的流行发式。他必须弄明白，他急不可待地要冲上街去，观察一下孩子们的发型。

她走出浴室，手里拿着手机。

“请原谅……我打了很长时间电话，我在鼓励他。有时，吉尔总觉得一切都很黑暗。”

她在他身边坐下，坐在床沿上。

“这就是您必须帮助他的原因。他希望您能回忆起这个托尔斯泰尔是谁……您还是想不起来吗？”

又一轮讯问。这一切要到什么时候才结束？他也许走不出这间房了。也许她已经用钥匙锁上了房门。但是他很平静，只是有些疲惫，下午行将结束之际他都会有些疲惫。他本该得到她的允许，在床上躺一下的。

他不停地和自己重复一个名字，无法摆脱。勒特朗布莱。这是东南边郊区的一个赛马场，尚塔尔和保罗曾经在一个秋天的星期日带他去过。保罗在看台上和一个年长于他们的人交谈了几句，他解释说他曾经在福尔日莱索的赌场遇到过他，而那个人也赌马。那个人建议他们搭他的车回巴黎。那真的是个秋天，而不是如今这般印度式的酷暑，这间房里太热了，他都不知道自己什么时候才能告辞……她重新合上了蓝色的硬纸袋，放在膝头。

“我们应该去给您复印了……很近……”

她看了看表。

“复印店七点钟关门……我们还有时间……”

后来他试图回忆起，所谓的那个秋天究竟是在哪一年。从勒特朗布莱出发，他们沿着马恩河，在夜幕降临时分穿过万塞讷森林公园。达拉加纳坐在副驾驶的位置，就在那个男人旁边，剩下来的两个人坐在后面。保罗把达拉加纳介绍给那个男人的时候，他似乎吃了一惊。

他们那天随便聊着些什么，勒特朗布莱最后一场赛马。那个男人对他说：

“您是姓达拉加纳吗？我在很久前应该遇见过您的父母。”

“父母”这个词让达拉加纳吃了一惊。他感觉自己从来没有过父母。

“应该是十五年前的事情……在巴黎附近的一座房子里……我还记得有个孩子……”

那个男人转向他。

“那个孩子应该就是您，我想……”

达拉加纳害怕他问到自己不愿意去回想的人生阶段。再说，他也没什么可以和他说的。可对方倒是沉默着。只是有一刻，男人问他：

“我想不起来究竟是巴黎附近的哪个地方了……”

“我也想不起来。”但是他感到很后悔，用这样一种干脆的方式回答他。

是的，他最终也许会想起究竟是哪一年的秋天，哪一天。但是现在，他还是坐在床沿上，坐在这个尚塔尔的旁边，他觉得自己好像突然从昏昏欲睡中醒来一般。他试图重新接上他们之间的对话。

“您经常穿这条裙子吗？”

他指了指那条黑缎的，两侧各有一只黄色小燕子的裙子。

“这条裙子是我在这里发现的，租房子的时候。也许是上一个租客的裙子。”

“也许就是您的，属于您的前生。”

她皱起眉头，拿一种怀疑的态度望着他。接着她说：

“我们可以去复印了。”

她站起身来，达拉加纳觉得她似乎想要尽快离开房间。她有什么好害怕的呢？也许他不应该和她谈论这条裙子的。

回到家里，他问自己是不是做了个梦。也许是因为印度式的夏天，因为炎热。

她把他带到位于伏尔泰街的一间纸张文具店，小店的角落里摆着一台复印机。吉尔用来打印的纸很薄，是旧时用来寄航空信的纸张。

他们走出小店后，在大道上又走了一会儿。让人感觉尚塔尔不愿意就这么离开他。也许她是害怕一旦分开之后就再也没有了他的消息，而吉尔·奥托里尼永远也不知道神秘的托尔斯泰尔究竟何许人也。不过达拉加纳也很希望能在尚塔尔的陪伴下待一会儿，想到要孤独一人回到自己的公寓里，他感到害怕。

“如果您今天读这些资料，也许能够重新唤回记忆……”她指了指他拿在手里的橘色硬纸袋说，那里面装着复印的资料。她甚至坚持将孩子的照片也复印了一份。

“您今天夜里随时都可以给我打电话……吉尔后天下午才回来……我很想知道，对这一切您是怎么想的……”

她从皮夹里掏出一张印有尚塔尔·格里佩的名片，上面有她的地址，夏洛纳街 118 号，还有她的手机号码。

“我现在得回去了……吉尔要打电话来，可我把手机落家里了……”

他们向后转了回来，朝夏洛纳街的方向走去。两个人谁也没说话。他们不需要。她似乎觉得两个人这么并排走着是再自然不过的事情，甚至达拉加纳想过，如果他挽着她，她也会欣然接受，就好像他们已经认识了很长时间一样。他们在夏洛纳地铁站的楼梯通道前分了手。

现在，在他的办公室里，他在翻腾“卷宗”，但是他没有马上阅读的欲望。

因为这些资料都没有用两倍行距来打印，字母词语都堆积在一起，这已经让他提前泄了气。再说，这个托尔斯泰尔，他到底还是想起来是谁了。那个秋天的星期日，从勒特朗布莱回来，男人原本说把所有人送到各自的家门口。但是尚塔尔和保罗在蒙帕纳斯下了车。在那里，他们只要乘坐一路地铁就可以直接到家。达拉加纳则留在车里，因为男人告诉他，他住得离格莱西沃丹广场不太远，是的，那时候达拉加纳就租住在广场附近的一间房里。

一路上，他们在大多数时间里沉默着。男人最后终于对达拉加纳说：

“我应该去过两三次，去巴黎附近的那座房子里……是您母亲领我去的……”

达拉加纳没有回答。说真的，他不愿意去回想这段离他生活已经这么远的日子。再说他母亲，他甚至不知道她是否还活着。

对方在格莱西沃丹广场附近停下了车。

“请向您母亲转达我的友情……我们已经很长时间没有联系……我们，还有我们的朋友，我们都是一家俱乐部的成员，蝉蛹俱乐部……给，如果凑巧她也想联系我的话……”

他递给达拉加纳一张名片，上面写着“吉·托尔斯泰尔”，还有——据他所能回忆起来的细节——工作地址：王宫书店。名片上有电话号码。后来达拉加纳就丢失了他的名片。但是，事先他将名字和电话号码抄了下来——为什么呢？——抄在当时他用的电话本上。

他在办公桌前坐了下来。在一堆“卷宗”下，他发现了他的小说《夏日的黑暗》的第四十七页，似乎就是在这页上出现了这个托尔斯泰尔的名字。名字下面划了线，一定是吉尔·奥托里尼划的。他读了起来：

博若莱购物中心里有一间书店，玻璃窗里陈列着艺术书籍。他走了进去。一位棕发女子坐在办公桌后。

“我找莫里伊安先生。”

“莫里伊安先生不在，”她说，“但是您愿意见一下托尔斯泰尔先生吗？”

就这么点内容。没什么重要的。这个名字只出现在小说的第四十七页。可今天晚上，他实在没有勇气去读那些打印的，不是双倍行距的资料。托尔斯泰尔。就像是一堆干草中的一根针。

他想起来，那张丢失的名片上，清清楚楚地写着书店的地址，在大王宫。也许电话号码是书店的。但是，四十五年多了，这两个细节不足以让他回到追索那个男人的轨道上，何况这个男人对他而言已经只是一个名字而已。

他在沙发上躺下，闭上眼睛。他决定要做一点努力，哪怕只是很短暂的一瞬，逆着时间之河而上。小说《夏日的黑暗》，他是秋天开始写的，就是在某个星期日去了勒特朗布莱的秋天。他想起来了，小说的第一页就是在这个星期日晚上写的，在格莱西沃丹广场附近的房间里。几个小时之前，托尔斯泰尔的车子沿着马恩河开过来，穿越了万塞讷森林公园，他真的有了秋天的感觉：雾气，潮湿的土地散发出来的味道，遍地枯叶的小路。自此之后，“勒特朗布莱”这个名字永远地和秋天连在了一起。

还有他在小说中用过的托尔斯泰尔这个名字。他用这个名字，只是因为这个名字叫得响。这就是他回忆起的关于托尔斯泰尔的一切。他不应该再想下去。这就是他所能知道的一切。吉尔·奥托里尼也许会失望的。那也没有办法。不管怎么说，他也没有义务要向他做出任何解释。这不关他的事。

接近晚上十一点半了。每当他独自一人在家，到这个点儿，他就会有一种所谓“通向空虚”的感觉。于是，每当此时他就会去附近的一家咖啡馆，咖啡馆开到很晚，一直到半夜。明亮的灯光，喧闹声，来来往往的人，他似乎参与到其中的交谈，这一切都能够让他在一瞬之间，仿佛不再有“通向空虚”的感觉。但是，这段时间以来，他似乎不再需要借助这种方法。他只需要透过书房的窗户看一看毗邻的房子院子里的那棵树就行了，那棵树的叶子比别的树掉得都迟，一直可以坚持到十一月。有人告诉过他，这是棵榆树，或是山杨，他也记不清了。他很遗憾，那么多年里，他甚少关注树，或者花儿。他读了很多其他的书，而不是布封的《自然史》，他记得有个女哲学家在回忆录里提到过这么一段，说战争期间，一个女人对这位哲学家说："又怎么样呢，战争丝毫不会改变我和一根草之间的关系。"令这位哲学家颇为惊讶。也许在这位哲学家看来，这个女人过于轻浮，或是冷漠。但是在达拉加纳看来，这句话有另一层含义：在剧烈动荡、道德沦丧的时期，我们毫无办法，只能够寻求一个固定的点，维持平衡，这样才不至于被甩出去。你的目光落在一根草上，一棵树上，花瓣上，就像抓住浮标一般。窗外的这棵榆树——或者山杨——让他感到安心。尽管已经是夜里十一点半了，它那静默的存在仍然让他得到安慰。那么，还是继续下去，读完这些打印的资料吧：吉尔·奥托里尼的声音和貌态都让他有一种勒索的感觉。他希望能够战胜这份偏见。但是他真的能够做到吗？

他取掉了夹在纸上的回形针。复印用的纸张和原来那些不一样。他想起了那些纸，尚塔尔·格里佩复印的时候他瞥见的，那么薄，接近透明。让他想起一种"航空信纸"。但是并不确切。那些纸的透明度应该和警察局讯问笔录用的精致纸张相仿。再说尚塔尔·格里佩确实和他说过："吉尔从警察局搞到了资料……"

在开始阅读前，他最后看了一眼呈现在他眼前的树叶。

字体很小，好像是用那种现在已经销声匿迹的手提打字机打的。达拉加纳觉得自己仿佛埋首于一堆杂乱无章的密集水泡中。有时候他会跳行，又不得不用食指摸索着回到前面。与其说是一份前后统一的报告，毋宁说是一些简要的笔记，乱七八糟地堆在一起，事关一个名叫克莱特·洛朗的女人的谋杀案。

这些笔记基本能够还原女人的轨迹。很年轻的时候从外省来到巴黎。是奥岱翁街区蓬蒂厄一家夜总会里的雇员。她与美术学校的学生来往频繁。一张是她有可能在夜总会相识的人的讯问笔录名单，还有一张是美术学校大学生的讯问笔录名单。她的尸体在十五区的一家旅馆房间里被发现。因而还有旅馆老板的讯问笔录。

这难道就是让奥托里尼颇感兴趣的社会新闻？他中断了阅读。克莱特·洛朗。这个略显平庸的名字似乎在他心头激起了一点回声，但是太沉闷，以至于他无法确定。他似乎读到过卷宗的日期：一九五一年，但是他没有勇气再回到那堆密密麻麻的，让他窒息的词语中去核实。

一九五一。算起来已经过去了半个多世纪的时间，这个事件的证人，甚至凶手应该都已经不在了。吉尔·奥托里尼来得太迟。这个他妈的追寻有可能永远没有答案。达拉加纳很抱歉，在他身上用了这么一个粗俗的字眼。还有几页的内容。每次打开这个所谓的“卷宗”时，他都感觉到紧张和恐惧。

他欣赏了一会儿轻轻摇曳的榆树叶，仿佛那是榆树在睡梦中的呼吸。是的，这棵树是他的朋友，他想起有个八岁的小女孩儿出版的一本诗集：《树，我的朋友》。他嫉妒过这个女孩儿，因为他和小女孩儿年龄相仿，而且也写诗。那是在什么时候？童年的某一年，几乎和克莱特·洛朗遭到谋杀的一九五一年一样古老。

再一次，没能够用双倍行距呈现的文字在他眼前舞动起来。他用食指点着，才不至于漏行。终于，出现了吉·托尔斯泰尔的名字。他看到了三个名字，令他惊讶的是，他在其中发现了他母亲的名字。另外两个人是：鲍勃·布尼昂和雅克·佩兰·德拉拉。他模模糊糊记起了这两个人，应该是一样遥远的时代，和同龄女孩儿出版《树，我的朋友》一样遥远。第一个，布尼昂，好像很运动的样子，穿着一身米色的衣服，在他的印象里是一个褐色头发的男人；而另一个，脑袋仿佛罗马雕像一样硕大，说话时总是撑在壁炉的大理石上，保持着优雅的姿态。童年的回忆常常是从虚空中凸现出来的一些细节。是这些名字引起了奥托里尼的注意吗？并且在他们与他，达拉加纳之间建立起某种联系？不，当然不是。首先，他的母亲和他不是一个姓。另外两个名字，布尼昂和佩兰·德拉拉也早已消失在时间的暗夜中，他们不可能对奥托里尼说过些什么，因为他太年轻。

在阅读的过程中，他感觉到，这份“卷宗”仿佛拼凑而成，里面包含着两个不同的，而且不是在同一年进行的调查，因为这两页上写着一九五二年。在一九五一年关于克莱特·洛朗谋杀案的笔记和最后两页的笔记间，他倒是找到了某种细微的关联：“克莱特·洛朗”经常出入圣勒拉弗莱的一座房子，那里住着一个名叫“安妮·阿斯特朗”的女人。这座房子现在是在警察的监视之下——但是出于什么原因？列在卷宗内的名字有托尔斯泰尔，母亲的名字，布尼昂和佩兰·德拉拉。另外两个名字他一无所知。罗杰·文森特，另外一个就是住在圣勒拉弗莱房子里的女人，“某个叫做安妮·阿斯特朗的人”。

他试图在这堆乱七八糟的资料中理出个头绪，但是似乎以他的能力根本做不到。再说，在这夜半时分，人们通常会产生一些怪念头：他觉得，吉尔·奥托里尼之所以搜集了卷宗里的这么多资料，真正的目标并不是这桩旧新闻，而是他，达拉加纳。当然，奥托里尼还没能找到射击的角度，他在摸索，他迷失在岔路上，无法触及问题的关键。达拉加纳感觉到他就在自己身边打着转儿，试图找到能够切入的道路。也许他之所以搜集这些散乱的资料，就是希望达拉加纳能够对其中的一点做出反应，就像进行讯问的警察，总是从无关紧要的话题开始，试图让嫌疑人不那么警觉。可一旦嫌疑人觉得自己安全的时候，他们会突然问出关键问题。

他的目光再一次扫过窗户后面的榆树，对自己竟然会有这样的想法，他感觉很羞愧。他这是失去了理智。他才读的那几页只是笨拙的拼凑，是掩藏着本质的细节的堆积。就只有那个名字才是真正引起他不安的，对于他而言，如磁铁般牢牢吸引了他的注意：安妮·阿斯特朗。但是在这一堆不是双倍行距打印的词语中间，这个名字几乎难以辨识。安妮·阿斯特朗。仿若深更半夜从收音机里传来的遥远的声音，而你对自己说，这是发送给你一个人的，是为了向你传递某一种信息。曾经有人告诉过他，那些在过去十分熟悉亲近的声音，人们会很快忘却。然而，今天他听见了安妮·阿斯特朗的声音从他身后传来，在大街上，他十分确定，他听出了这声音。

如果哪天又见到了奥托里尼，他一定要当心，不能让他注意到这个名字：安妮·阿斯特朗，但是他不确定自己是否会再见到他。必要时，他或许会给他写个非常简短的字条，给他一点关于吉·托尔斯泰尔的信息。一家书店的老板，位于王宫花园边上的博若莱购物中心里。是的，他只和他见过一次面，差不多是五十年前，一个星期天的秋夜，在勒特朗布莱。他甚至能够将自己的善意发挥到最大限度，再向他补充提供另外两个人的一些细节，布尼昂和佩兰·德拉拉。他母亲的朋友，就像吉·托尔斯泰尔一样，应该也是母亲的朋友吧。就在他读到《树，我的朋友》里那些诗歌，非常羡慕与他同龄的这个女孩儿的那一年，布尼昂，佩兰·德拉拉——或许还有吉·托尔斯泰尔——的口袋里似乎都有一本书，仿佛祈祷书一般，他们非常重视的一本书。他还能记起这本书的书名：《法布里齐奥·卢波》。有一天，佩兰·德拉拉用非常庄重的声音对他说："等你长大了，你也会读《法布里奇奥·卢波》的。"这句话如此掷地有声，以至于终其一生，他都会记得。后来，他曾经找过这本书，但是运气不好，一本也没有能找到，因而他从来没有读过《法布里奇奥·卢波》。他或许不用谈到这些微小的记忆。最值得期待就是他终于摆脱了吉尔·奥托里尼。他可以听凭电话铃声响个不停，不作应答。还有他的信件，或许有些还是挂了号的，他也可以不理睬。最令人无措的，是奥托里尼也许会等在楼下，由于他不知道进门的密码，他或许会等有人进出的时候，能够跟着一起进来。每次他出门的时候，都有可能会与奥托里尼不期而遇，后者会靠近他，尾随他。他除了躲进最近的警察局，别无他法。但是那些条子不会认真对待他的麻烦的。

差不多已经是凌晨一点了，他对自己说，在这个时间，在寂静与孤独中，一点点小事都可以令人头昏脑涨。他渐渐恢复了平静，甚至，想到奥托里尼的那张脸，他都有一种狂笑不止的冲动，那么细长的一张脸，即便是从正面看，也像是看到了侧面。

卷宗的纸页摊了一桌子。他拿起一支用来改稿子的红蓝铅笔。他用蓝色的这头在纸上画满了杠杠，然后，用红色的这头在“安妮·阿斯特朗”的名字上画了个圈。

将近凌晨两点钟的时候，电话铃响了起来。惊醒了在沙发中熟睡的他。

“喂……达拉加纳先生吗？我是尚塔尔・格里佩……”

他有一瞬间的犹豫。他才做了个梦，梦里出现了安妮・阿斯特朗的脸，三十年以来，这几乎是从来不曾发生的事情。

“您读过那些资料了吗？”

“是的。”

“请原谅我这么晚给您打电话……但是我真的是迫不及待想听到您的意见……您在听我说吗？”

“是的。”

“我们需要在吉尔回来之前见上一面。我能上您家里来吗？”

“现在？”

“是的，现在。”

他于是告诉她，他家怎么走，还有进门的密码，楼层。他真的已经从梦中醒来了吗？就在刚才，安妮·阿斯特朗的脸还那么真切……她把着车子方向盘，就在圣勒拉弗莱的房子前，他坐在她身边的椅子上，她在和他说话，但是他听不见她的声音。

办公桌上，是乱七八糟的资料。他忘记自己在上面划满了蓝色的道道。还有那个名字：安妮·阿斯特朗，骤然间扑入他的眼睛，因为名字上画了个红色的圈……可不能把这个给吉尔·奥托里尼看。这个红色的圈圈或许会让他追索到什么踪迹。只要碰巧看到了，警察都会慢慢地翻过纸页，然后提问。

“为什么您要在这个名字上做记号？”

他看了一眼榆树，榆树的叶子仍然岿然不动，他于是安下心来。这棵树就是哨兵，是唯一守卫着他的人。他守候在临街的窗边。这会儿没有一辆车经过，路灯白白照亮着一切。他看见尚塔尔·格里佩走在对面的人行道上，她似乎在分辨门牌号码。她的手上拿着一个塑料包。他在想，她该不会从夏洛纳街一直走过来吧。他听见了大门骤然间开闭的声音，然后，她的脚步声从楼梯的方向传来，非常缓慢的脚步声，似乎在犹豫着要不要上来。她一直穿着黑衬衣，黑裤子。似乎还像第一次见面时，在拱廊街咖啡馆的那次一样羞涩。

“我不想在这么晚的时候打搅您……”

她停留在门口，抱歉的表情。他拉了拉她的胳膊，让她进来。否则，他觉得她或许会转身走掉的。在他用作书房的房间里，他指了指沙发，让她坐下，她将塑料包放在自己身边。

“您看了吗？”

她的声音甚是焦虑。为什么她如此看重这件事呢？

“我看了，但我恐怕没办法帮到您的朋友。我不认识这些人。”

“包括托尔斯泰尔？”

她直愣愣地看着他。

讯问又重新开始，无休无止，一直到早上。接着，大约八点钟左右，门铃或许会再度响起。吉尔·奥托里尼从里昂回来，他来接替她。

“是的，包括托尔斯泰尔。”

“可如果您不认识他，您为什么会在书里用了他的名字呢？”

她的声音里有一种虚假的天真。

“我随机抽选的，从电话黄页里。”

“那么您不能够帮助吉尔了？”

他在她身边坐下，他的脸凑近了她的。再一次，他看到了她左颊上的伤疤。

“他希望您可以在写作上帮帮他……他觉得这些纸上记录的东西和您有密切的关系……”

在这会儿，他觉得似乎角色已经倒置过来，他只需要再加一点点料，就足以让她“撂了”——如果用他从某个地方听来的行话说。灯光下，他注意到了她的黑眼圈，她的手也在颤抖。她似乎比刚才，他开门时看到的还要苍白。

“吉尔读了您所有的书，打听过有关您的情况……”

这些话让他感到了一阵轻微的担心。他真是运气不好，竟然吸引了别人的注意，而且这个人从此再也不会放过他。因此，有些人，只要你和他们的眼神无意中交汇过，他们就会毫无理由地、在某些时刻突然变得具有攻击性，或者他们会来和你说话，而从此后再难摆脱他们。因此，在大街上，他总是尽量垂下眼睑。

“再说斯威尔茨公司打算辞退他……他又要失业了……”

她说话时透出的疲惫令他感到震惊。因为在这份疲惫之中，他觉得分辨出一种愤怒，甚至还有一点蔑视。

“他认为您会帮他……他觉得似乎很早就已经认识您了……他知道您的许多事情……”

看起来，她似乎还想多说点什么。很快就到了夜半的某一时刻，在这个时刻，妆容支离破碎，秘密也随时准备破缝而出。

“您想要喝点什么吗？”

“好的……来点烈的……我需要刺激……”

达拉加纳觉得很奇怪，像她这个年纪的人，竟然会用这么过时的词。“刺激”这个词，他已经好久没听到了。也许以前安妮·阿斯特朗用过这类词。尚塔尔的双手紧紧绞在一起，似乎想要竭力控制住，不再颤抖。

在厨房的食品柜里，他只找到一瓶喝了一半的伏特加，他不禁想，这半瓶酒也不知道是谁落下的。尚塔尔已经在沙发上安顿下来，伸展着双腿，背靠一只橘色的大靠垫。

“真不好意思，可是我有点累……”

尚塔尔喝了一口，接着又是一口。

“现在好些了。真是可怕，这类晚会……”

她望着达拉加纳，仿佛是希望有他作证。他迟疑了一会儿，还是提出了问题。

“什么晚会？”

"就是我才……"

接着她用干巴巴的声音说道：

"他们付钱，让我去参加'晚会'……我是因为吉尔……他需要钱……"

她低下头。似乎讲了这些话有些后悔。她转向达拉加纳，达拉加纳已经在她对面一张绿色天鹅绒面的凳子上坐了下来。

"您其实应该帮助的不是他……而是我……"

她冲他挤出一个微笑，那种惨淡、凄凉的微笑。

"不管怎么说，我是一个正直的姑娘……所以，我应该提醒您，要小心吉尔……"

她换了个姿势，靠着沙发边坐好，这样才好完全与他面对面。

"他知道您不少事情……通过警察局的那个朋友……所以，他一直想办法接近您……"

因为疲倦吗？达拉加纳不知道她在说什么。这个人能从警察局知道他的什么"事情"？无论如何，"卷宗"里的这些资料也没有明确的结论。而且这里面提到的名字，他几乎没有什么熟悉的。除了他母亲，托尔斯泰尔，布尼昂和佩兰·德拉拉。但都是那么遥远的事情……在他的生活中，他们几乎没有什么分量……配角，消失了很久……

当然，里面有安妮·阿斯特朗的名字。可并不明显。她的名字几乎可以让人忽略，淹没在众多的名字中。再说，还有一个拼写的错误，ASTRAND 拼成了 ASTRAN。

“别为我担心，”达拉加纳说，“我不怕其他人。尤其不怕骗子。”

听到他用“骗子”一词，她似乎有些吃惊，但是她的吃惊不是别的，就好像是一个显而易见的事实，她却从来没有想到过。

“我一直在想，或许是他偷了您的电话本……”

她微笑道，达拉加纳在想，她应该想要开个玩笑。

“有时吉尔让我感到害怕……这就是为什么，我一直待在他身边……我们已经认识了这么久……”

她的声音越来越嘶哑，他很担心，这些私密的话要一直讲到早上。他能够集中注意力，坚持听完吗？

“他去里昂不是为了工作，而是去赌场……”

“是去夏尔波尼埃赌场吗？”

这句话脱口而出，他很吃惊，他早已忘记了“夏尔波尼埃”，可现在突然从过去中破土而出。以前，保罗和其他人总是在星期五下午出发去夏尔波尼埃赌场，星期一再回到巴黎。这样，他就和尚塔尔差不多有三天的时间在一起，在格莱西沃丹广场的那个房间里。

“是的，他去夏尔波尼埃赌场。他认识那里的一个伙计……从夏尔波尼埃赌场回来的时候，他总是能比其他时候多赢一点。”

“您不陪他去吗？”

“从来不。除了我们刚认识的那会儿……我在加永俱乐部等他……那里有为女人准备的等候室……”

达拉加纳没有听错吧？“加永”——就和“夏尔波尼埃”一样——也是一个过去他曾经非常熟悉的名字。尚塔尔有时会不期而至地到格莱西沃丹广场的房间里来找他，对他说：“保罗去加永俱乐部了……晚上我们可以在一起……过夜都可以……”

但是，加永俱乐部一直都在吗？就像那些可笑的词，青春时代听到过的词，过了好些年，在生命行将结束之际，又如同歌词中的反复一般重新出现在耳际？

“我一个人留在巴黎的时候，他们会让我参加一些很特别的晚会……因为吉尔的缘故，我接受了……他总是缺钱……现在情况更糟了，因为他很快就会处于失业的境地……”

但为什么他会进入吉尔·奥托里尼和这个尚塔尔·格里佩的私事里呢？以前，新的遇见总是那么突然，那么干脆——两个人在街头撞了个满怀，就像小时候玩的碰碰车。可这一次，一切都是慢慢地展开，电话本的丢失，电话里的声音，咖啡馆里的约见……是的，一切都有着梦一般的轻盈。而“卷宗”里的资料让他产生了一种奇怪的感觉：因为某些名字，尤其是安妮·阿斯特朗的名字，还有所有这些堆在一起，没能以两倍行距打印的词，他突然觉得，生活中某些细节出现了，可投射在变形的镜子上，就像那些高烧的夜晚，一直纠缠不清的、断断续续的细节。

“他明天从夏尔波尼埃回来……大约中午时分……他会重新向你展开攻势的……千万别告诉他，我们见过。”

达拉加纳在想，她说的究竟是不是真话，或许她把今夜来他家的事情早就告诉了奥托里尼。甚至这就是奥托里尼派给她的任务。无论如何，他有把握，他总有一天能够摆脱他们，在他的一生之中，他曾经有过很多类似的经验。

“说到底，”他用一种兴高采烈的语调说，“你们是一对坏人。”

听了他这些话，她似乎目瞪口呆。他很快就感到了后悔。她弯着腰，有一瞬，他觉得她已经是泪流满面。他冲她弯下身，但是她回避着他的目光。

“这一切都怪吉尔……我和这件事没有关系……”

接着，她犹豫了一下，说：

“小心他……他想每天都见到您……他不会让您有一点喘息的机会……这是个……”

“黏人的家伙？”

“是的。非常黏人。”

她口中的“黏人”似乎比他一开始说的更加令人忧虑。

“我不清楚，他都打听到您的哪些事情……也许是卷宗里的什么事情……我没有读过这些资料……他会用这些事情来向您施加压力……”

最后一个词她说得有些走调。也许是因为奥托里尼说过“施加压力”这样的话。

“他希望您能够帮他写一本书……反正这是他跟我说的……”

“您确定他要的不是别的东西？”

她犹豫了，有一瞬的时间。

“不。”

“也许是想向我要钱？”

“也可能……赌博的人都需要钱……是的，也许他会问您要钱……”

上次在拱廊街见过面后他们也许讨论过。他们也许“陷入了绝境”——这个词也是尚塔尔用的，她谈起保罗的时候，喜欢说他“陷入绝境”。但是，保罗总是希望通过赌注加倍的方法走出绝境。

“他很快都会没钱支付房租了，格莱西沃丹的那间房……”

是的，四十五年，格莱西沃丹广场的租金肯定涨了不少。达拉加纳是偷偷租下的那间房子，因为房东把钥匙托付给了他的一位朋友。房子里有一个电话，电话的拨号盘上了扣锁，这样房客就无法使用。但是他还是想办法拨过几个号码。

“我也曾经在格莱西沃丹广场住过……”他说。

她吃惊地看着他，就好像发现了他们之间的某种联系一般。他差点想告诉她，那个有时会到这间房子里来找他的姑娘也叫尚塔尔。但是告诉她又有什么用呢？她对他说：

“或许和吉尔的是同一间……一间屋顶的小房间……先是乘电梯，然后再走上小楼梯……”

真的就是，电梯不到最高的一层——最高的一层是一条走廊，房间挨个排着，门上写着房号，有一半褪去了。他住在 5 号房。他想起来，那时候保罗总是想要向他解释“以中间 5 为中心”的投注方法。

“而且我也有个朋友赌马，也去过夏尔波尼埃赌场玩……”

听了他这些话，她似乎放下心来，冲他勉强一笑。她应该是在想，尽管中间差了几十年，他们竟然还是一个世界里的人。可这是个什么样的世界呢？

“那您是才去参加晚会回来？”

他很快就后悔向她提了这么个问题。但是看起来她挺信任他：

“是的……是一对夫妻组织的，在他们自己的公寓里，那种有点特别的晚会……吉尔有阵子在他们家当司机……他们会时不时地打电话给我，让我去……吉尔要我去的……他们付我钱……我别无选择……”

他听她说，没有打断她。也许她并不是在说给他听，或者根本忘记了他的存在。夜应该很深了。凌晨五点钟？很快白天就要来临，抹去一切阴影。他会重新独自一人待在他的书房，只是经历了一场噩梦。不，他从来没有丢失过电话本。吉尔也好，还有那个改名尚塔尔的约瑟芬娜·格里佩从来都不曾存在过。

“对您来说也是一样，摆脱吉尔是很困难的事情……他不会松开您的……他可以在楼下等您……”

是威胁还是提醒？在梦里，达拉加纳想，我们不会很清楚该怎么对付。梦？回头再看吧，等到天亮。然而，在他的对面，她可没有一点幽灵的样子。他也不知道，在梦里是否能够听见人们讲话的声音，但是尚塔尔·格里佩嘶哑的嗓音，他听得很清楚。

“我有个建议要给您：不要接他的电话……”

她冲他弯下身，沉下声音对他说，就好像吉尔·奥托里尼就站在门后。

“您最好给我发手机信息……倘若我不和他在一起，我就给您回电话……他打算做什么，我会告诉您的。这样，您就可以避免……”

这个姑娘态度坚决，对他充满了同情，但是达拉加纳本来想告诉她，他一个人能够解决。在他的一生中，他也遇见过别的奥托里尼。他知道，巴黎很多大楼都有两个出口，他就是通过这个办法摆脱了不少人。还有，为了让人相信他不在家，他也经常不开灯，因为他家有两扇窗都朝着大马路。

“我借给过您一本书，我说那本书是吉尔写的……叫《骑马闲逛》……”

他已经忘记了那本书。把资料拿出来的时候，他把书留在了橘色的硬纸袋里。

“可那不是真的……吉尔让人以为是他写了这本书，因为书的作者和他姓氏一样……不过名字不同……再加上那个家伙死了……”

她打开放在沙发上的塑料包，翻腾了一阵。她拿出了那条肩上绣着两只金黄色的燕子的黑色缎裙，就是达拉加纳在她夏洛纳街的房子里看到的那条。

“我把高跟鞋落在人家家里了……”

“我见过这条裙子。”达拉加纳说。

“每次我去参加晚会，他们都让我穿这条裙子。”

“古怪的裙子……”

“我是在房间里的一个旧橱子里找到的……后面有商标。”

她把裙子递给他，他看见标签上写着：“西尔维-罗莎。时装设计。埃斯泰尔街。马赛。”

“也许您前生穿的就是这条裙子……”

昨天下午，在她夏洛纳街的房子里，他对她说过同样的话。

“您这样想？”

“一种感觉……或许是因为这标签很旧了……”

她用怀疑的眼光看了一眼标签。接着她将裙子放下，放在沙发上，她的身边。

“等等……我马上回来……”

他走出书房，想要核实一下厨房的灯是否关了。厨房的窗户朝向大街。是的，他的确忘了关灯。他关上灯，站在窗边。就在刚才，他想象过，或许奥托里尼就在那里监视他。这种想法是在你没有睡着的时候，很深的夜晚出现的，你曾经有过类似的想法，孩子的时候，这种想法让你感到害怕。外面没有人。但是他可以藏在喷泉后面，或是右边，广场的某一棵树后面。

很长的时间里，他就这么待着，一动不动，身体挺得笔直，双臂交抱。街上一个人也没有。甚至一辆车也没有经过。如果打开窗，他或许能听到喷泉的声音，他会产生错觉，不知道自己究竟是在罗马还是在巴黎。罗马，曾经，他收到过一张安妮·阿斯特朗的明信片，就是从罗马寄来的，这是她留给他的最后一点信号。

等他回到书房，尚塔尔已经在沙发上躺下了，穿着那条奇怪的、绣着两只金色燕子的黑色短裙。一瞬间他有些恍惚。是不是他给她开门时，她就已经穿着这条裙子了？不，她的黑色衬衫和黑色裤子卷作一团，丢在地板上，就在她的鞋边。她闭着双眼，呼吸均匀。她是在假寐吗？

*

将近中午时分她走了，像往常一样，达拉加纳独自一人待在书房里。她担心吉尔·奥托里尼已经回来了。从夏尔波尼埃赌场回来的时候，星期一，他经常坐很早的一班车回巴黎。透过窗户，他看着她穿着黑色衬衫和裤子的身影渐渐远去。她没有拿塑料包，和黑裙子一起落在他家里了。达拉加纳花了很长时间才找到她之前给他的一张名片，名片纸已经有些发黄了。但是他打她的手机，她却并没有应答。最终，她发现裙子落下了，应该再会打给他的吧。

他将裙子从塑料包里拿出来，再一次翻看裙子上的标签："西尔维-罗莎。时装设计。埃斯泰尔街。马赛。"这似乎让他想起了一点什么，尽管他没有去过马赛。他以前应该看见过这地址，或者听到过这个名字。在他更年轻一些的时候，这类表面上看起来没什么意义的谜团，他往往会投入好几天的时间，执着地找寻答案。哪怕是极其微小的一个细节，只要他不能将之与整体连接上，都会让他感到恐慌，感到空落落的，就像是丢失了一片拼图。有时关系到一句诗或一句话，他拼命想要找到作者，有时就是一个简单的名字。"西尔维-罗莎。时装设计。埃斯泰尔街。马赛。"他闭上眼睛，试图集中精力。他的脑海里突然闪现过一个词，似乎与这标签有关："中国风"。必须有十足的耐心，沉入记忆之湖的深处才能够找到"西尔维-罗莎"

和“中国风”之间的联系。但是已经有好几年了，他不再有精力沉浸在这一类的探索之中。不，他太老了，他情愿浮在水面上……“中国风”……是因为尚塔尔·格里佩的黑头发，还有微微带点蒙古褶的眼睛？

他在书桌前坐下。今天夜里，她没有注意到散乱的纸页，还有蓝铅笔画的那些道道。他打开放在电话机旁的硬纸袋，拿出纸袋里的书。他开始翻阅《骑马闲逛》。书是战前出版的，不过这是最近一次的重印。吉尔·奥托里尼又怎么能有那么大的胆子，或者说，能够如此天真，竟谎称自己就是这本书的作者呢？他合上书，看了一眼面前的那些纸页。第一次读的时候，因为行距太小，他跳去了一些句子。

再一次，字词开始在他眼前舞蹈。似乎还有一些关于安妮·阿斯特朗的细节，但是他觉得太累了。待会儿再说吧，也许下午，等休息过后。除非他决定撕了这些纸，一张张地撕掉。是的，待会儿再看吧。

就在把“卷宗”放回硬纸袋的那一瞬间，他瞥到了那张孩子的照片，他几乎忘记了。在照片的背面，他读到了这样的记录：三张一次成像照片。孩子身份不明。搜查、逮捕安妮·阿斯特朗。文帝米尔边防检查站。一九五二年七月二日星期一。是的，这的确是一张一次成像照片放大的，正如他昨天下午，在夏洛纳街的房子里所想的那样。

他的目光再也无法离开这张照片，他在想，为什么自己竟然会忘了这张照片，只顾着“卷宗”里其他的纸页。也许这东西让他感到尴尬，或者，用法律词汇来说，是达拉加纳想要从记忆里驱除的一件“证物”？他感觉一阵晕眩，头皮发麻。这个孩子，虽然隔了几十年的距离，他完全可以将他当作一个陌生人，但是他却不得不承认，这个孩子就是他。

另一个秋天，不是勒特朗布莱的那个秋天，但是一个同样遥远的秋天，达拉加纳曾经收到过一封信，寄往格莱西沃丹广场。看门人正在分发邮件的时候，他正好路过门房。

“我想这应该是您，让·达拉加纳。”她把一封信递给他，上面用蓝色墨水写着他的名字。他从来没有在这个地方收过邮件。他看不出是谁的笔迹，字很大，布满了整个信封：让·达拉加纳，格莱西沃丹广场 8 号，巴黎。没有注明是第几区和街区。在信封背面有一个名字和一个地址：安·阿斯特朗，阿尔弗雷德·德沃当克街 18 号，巴黎。

有一会儿，他完全没有记起这个名字。是因为名字只是用了一个首字母“A”，因而让人不知究竟？后来，他在想，自己还是有预感的，因为他犹豫着要不要打开信封。他一直走到讷伊和勒瓦鲁瓦交界的地方，两三年前，为了建“环线”，人们拆毁了这里的仓库和平房。阿斯特朗。他又怎么可能，在那一瞬间，不知道是谁呢？

他转了半个圈，走进位于一幢大楼底层的咖啡馆。他坐了下来，从口袋里掏出信，要了一杯橙汁，还问有没有裁纸刀，他借助小刀打开了信封，因为他担心如果用手撕开信封，会撕坏了信封背面的地址。信封里只有三张一次成像的照片。他认出了照片上的那个孩子就是自己。他记起他们一起去拍照片的那个下午，那是过了圣-米歇尔桥的一间小店，就在法院对面。后来他也经常路过那间店，一切都没有变。

或许应该重新找出这三张照片，和奥托里尼“卷宗”里的这张放大的照片做个对比。也许就放在四十年前的那个箱子里，又或许，他运气很好，碰巧丢失了箱子的钥匙？没有必要。应该是同一张照片。“孩子身份不明。搜查、逮捕安妮·阿斯特朗。文帝米尔边防检查站。一九五二年七月二日星期一。”应该是她准备穿越国界的时候，遭到了搜查和逮捕。

她读过他的小说《夏日的黑暗》，读到了关于那个夏天的一段。否则，十五年后，她又为什么要给他写信呢？但是她从哪儿打听到他临时住址的呢？更何况他又很少在格莱西沃丹广场留宿。别人更清楚，他大多数时间都在布朗什广场街区，古斯都大街的房子里度过。

曾经，他写这本书，就是寄希望于她看到了能招呼他一声。写书对于他来说，在某种程度上就是打开信号灯，或是发出莫尔斯电码，为了引起某些人的注意，因为他已经失去了他们的消息。但是安妮·阿斯特朗有所不同，他没有提及她的名字，甚至故意混淆了可能的蛛丝马迹。她不可能在任何一个人物中读出自己。他从来不曾明白，有人竟然可以将一个对自己而言非常重要的人物植入小说。一旦这个人进入了小说，就像穿越了一面镜子一般，他就会永远消失。他就从来不曾在真实生活中存在过。被消减成虚无……必须用更为巧妙的手段。因此在《夏日的黑暗》，唯一能够引起安妮·阿斯特朗注意的，应该就只有一页，他叙述了一个女人和一个孩子走进位于法院大街的一次成像快照小店。他从来不曾搞明白过，为什么她会把他推进一个小空间。她对他说，径直看着镜头，不要晃脑袋。她拉上了黑色的帘子。他坐在小凳子上。一道强光让他发懵，他闭上了眼睛。她又拉开了黑色帘子，然后他走出小空间。他们等着照片从缝隙中掉出来。但他们不得不再来，因为照片上的他闭着眼睛。接着，她带他去隔壁的咖啡馆喝了一杯石榴汁。事情就是这样的。他准确无误地描写了这个场景，尽管他知道这一段与小说其他部分不甚吻合。这是他偷偷摸摸放进小说的一小段事实，那类登在报纸上的小广告所公布的信息，只有一个人能辨识得出来。

直到下午将尽，他也没有接到尚塔尔·格里佩的电话，对此他颇为惊讶。但是，她应该察觉到自己落下了那条黑裙子呀。他拨打了她的手机，但是没人应答。信号响过之后，是静默。你已经站在悬崖边缘，越过去，就只有空茫。他在想，这电话号码是不是还是她的。或许尚塔尔·格里佩已经丢了手机。或许她已经不在人世。

他的怀疑蔓延开来，他想到了吉尔·奥托里尼。他在电脑键盘上打下了：斯威尔茨公司，巴黎。在巴黎根本没有斯威尔茨公司，不管是在圣拉扎尔火车站的街区还是在别的什么行政区。那个自称是《骑马闲逛》一书作者的人只是一个并不存在的公司的影子职员。

他还想搞清楚格莱西沃丹广场是不是有个叫奥托里尼的人，但是广场地区的八个电话号码对应的名字里没有一个奥托里尼。无论如何，黑裙子仍然搭在沙发靠背上，可以证明他不是在做梦。他想碰碰运气，又在键盘上敲下了“西尔维-罗莎。时装设计。埃斯泰尔街。马赛。”但是他只得到了“罗莎成衣修改，索瓦日街18号，68100穆勒豪斯。”有好几年了，他几乎没有用过这台电脑，他也停下了大部分的搜索。而他偶尔想寻找一些人的踪迹，似乎也总能避开这台电脑的搜索。他们似乎都成了漏网之鱼，属于另一个时代，再说他们并不是一起的。他想起他几乎没怎么见过的父亲，他用温柔的声音告诉他：“我会让十个预审法官感到失望的。”电脑上没有任何有关父亲的消息。托尔斯泰尔也没有，佩兰·德拉拉也没有，这些名字，他都在键盘上打过，前一天晚上，在尚塔尔·格里佩到来之前。而且键入佩兰·德拉拉的时候，常见的事情又发生了：屏幕上出现了一系列的佩兰，就算穷尽一个晚上也很难一一查完。通常，他想知道消息的这些人都藏在一堆无名氏后面，或是躲在某个同名的名人后面。而如果他在键盘上直接打上这样的问题：“雅克·佩兰·德拉拉还活着吗？如果还活着，请告诉我他的地址。”那么，电脑就不能够回答他的问题，我们仿佛能够感觉到，穿过将电脑连接在插头上的无数条电线，有一种犹豫和尴尬存在。有时，你会被带到错误的轨道上：“阿斯特朗”这个名字在瑞典有一堆搜索结果，而且好几个姓阿斯特朗的人都住在哥德堡。

天气很热，这印度式的夏天也许一直会持续到十一月。他决定出门，而不是像往常一样，在书房里等到日落。过一会儿，等他回来，他会试着借助放大镜仔细阅读一下复印下来的那些纸，前天夜里他浏览得过于匆忙了。或许他运气很好，能够找到安妮·阿斯特朗的一点消息。他有些后悔，在快照馆拍照之后的十五年，他和她见过面，可是他没有问她这些问题，但是他后来很快就明白，即使问了，从她那里也得不到任何答案。

*

出门了之后，他比前几天感到轻松了些。也许他不应该沉浸在遥远的过去。有什么用呢？很多年以来，他都不再去想这段时光了，以至于生命中的这个时期好像已经位于磨砂镜子之后。或许还有模糊的光透过，但是我们既不能区分人们的面孔，也不能辨识他们的背影。光滑的镜面，然而是那种受到保护的屏幕。也许，出于意愿性的遗忘，他终于能够完全不再受这段过去的伤害。又或许，是时间冲淡了过于强烈的色彩和粗暴。

那里，人行道上，印度式夏天的光线让巴黎的街道失去了时间的概念，带有一种温和的色彩，他似乎又感觉到自己漂浮在水面上。这种感觉是自去年开始才有的，他在想，或许是衰老的缘故。很年轻的时候，也会有这种半梦半醒的感觉，听凭自己偏离航道——通常是在熬了一个通宵之后，但是如今是不同的：就好像马达已经停下，而飞轮沿坡而下径直滑落。一直要到什么时候？

他往前滑去，依靠风，依靠自己的重量。他迎面撞上了反方向的行人，因为他们没有来得及躲闪。他请求他们的原谅。这不是他的错。通常，当他走在大街上的时候，他会更加警觉，如果看到远远的有熟人走过来，有可能会碰上，他就会立刻换一条道。他发现，我们总是很难碰上真正想碰见的人。或许一生之中只有两三次？

他很愿意一直走到夏洛纳街，把黑裙子送还给尚塔尔·格里佩，但是有遇到吉尔·奥托里尼的危险。那又如何呢？或许可以弄清这个男人不确定的存在。他又想起尚塔尔·格里佩的那句话："斯威尔茨公司打算辞退他。"但是她应该知道，斯威尔茨公司并不存在。还有那本书，《骑马闲逛》，第一次出版还是在战前，难道奥托里尼在前生把手稿送到了萨布里埃出版社，那时他有另一个名字？不管怎么说，他，达拉加纳，他还是需要在这些问题上得到解释。

*

他来到了王宫的拱廊下，漫无目的地走着。但是，穿过艺术桥和卢浮宫的院子时，他走的是童年时非常熟悉的一条路。他沿着人们称之为卢浮宫古董店的那一侧，他记得，就在这个地方，卢浮宫大商店圣诞节时的橱窗。而现在，他到了博若莱购物中心，就好像已经到了散步应该抵达的目的地一般，而另一记忆突然间蹦了出来。这记忆已经深藏了这么多年，藏得那么深，任何光线都照不到，显得那么新鲜。他在想，真的是记忆吗？或者是不再属于过去的一个瞬间，如同自由的电子一般从过去中分离了出来的一个瞬间：他妈妈和他——他们很少在一起，这是其中的一次——一起走进一家书画店，他妈妈和两个男人在说话，一个坐在书画店尽头的桌子后面，另一个手肘撑在壁炉的大理石上。吉·托尔斯泰尔。雅克·佩兰·德拉拉。他们一动不动，直至最后。而那个秋天的某个星期日，他在尚塔尔和保罗的陪伴下从勒特朗布莱回来，就坐在托尔斯泰尔的车里，这个名字竟然没有勾起他的任何回忆，还有他的名片，而且他的名片上还写有商店的地址？

在车里，托尔斯泰尔甚至影射到“巴黎郊区的房子”，当达拉加纳还是个孩子的时候，他正是在那里看见过安妮·阿斯特朗的房子。他在那里，他，达拉加纳，待过差不多一年。在圣勒拉弗莱。“我记得有个孩子，”托尔斯泰尔说，“那个孩子，我想应该是您……”而达拉加纳的回答干巴巴的，似乎这事和他毫无关系。正是在那个星期天，托尔斯泰尔将他放在格莱西沃丹广场之后，他开始写《夏日的黑暗》。甚至没有一个时刻，他想起来问问他，是否记得住在圣勒拉弗莱的那个女人，“一个叫安妮·阿斯特朗的人。”他也没有问他，是否或然有她的消息。

他坐在花园的长凳上，阳光下，靠近购物中心。他应该已经走了一个多小时，竟然没有发现今天比前几天还要热。托尔斯泰尔。佩兰·德拉拉。哦，是的，他后来还见过佩兰·德拉拉，最后一次，与勒特朗布莱的那个星期天在同一年——那年他二十一岁左右，这最后一面已经沉入遗忘冰冷的黑夜里——就像一首歌中唱到的那样，如果说与安妮·阿斯特朗之间发生的事情还不完全如此。那是有天晚上，在香榭丽舍大街环岛的一间咖啡厅里，后来咖啡店被改造成了杂货店。晚上十点。他是在回到格莱西沃丹广场——或者，更确切地说，是回到古斯都街，他花六百法郎月租租来的那间房子——前在咖啡馆里歇了下脚。

那天晚上，他并没有在第一时间里发现佩兰·德拉拉的存在，佩兰就在他面前，咖啡馆的平台上。独自一人。

为什么他会和佩兰搭话呢？他已经十年多没有见到佩兰，这个男人肯定已经认不出他来了。但是他正在写他的第一部小说，而安妮·阿斯特朗一直萦绕在他的脑际，挥之不去。也许佩兰·德拉拉知道她的消息？

他一动不动地站在桌子前，对方抬起了头。不，他已经认不出他来了。

“让·达拉加纳。”

“啊……让……”

他冲他笑了一下，一丝不易察觉的微笑，就好像在这个时候，这样的地方碰见熟人，他有点尴尬似的。

“这么长时间，你长大了……坐吧，让……”

他指了指自己对面的椅子。达拉加纳犹豫了一秒钟。平台的玻璃门开着。只要用惯常的方式说上一句：“请稍后，我去去就来……”接着就可以走入夜晚的自由空气中，大口呼吸。尤其是要避免回到阴影里，阴影就在那里，永远都在，在咖啡馆的平台上等着他。

他坐下了。佩兰·德拉拉那张罗马雕像一般的脸微微有点发胖，鬓发也染上了灰色。他穿着一件海蓝色的外套，在这个季节稍显单薄。他的面前摆着一杯喝了一半的马蒂尼酒，达拉加纳是从酒的颜色里看出来的。

“你妈妈怎么样了？我已经很久没有和她联系了……您知道的，我们曾经就像兄弟姊妹一般……”

他耸耸肩，他的目光中有一种关切。

“我有很长时间不在巴黎……”

看上去，他似乎想要告诉他不在巴黎的原因。但是，他沉默了。

“您见过您的朋友吗，托尔斯泰尔和鲍勃·布尼昂？”

从达拉加纳的嘴里听到这两个名字，佩兰·德拉拉似乎非常吃惊。吃惊，而且很怀疑。

“您记得……您还能记得这两个人吗？……”

他定定地看着达拉加纳，这目光让达拉加纳感到很不自在。

“不……我没有再见过他们……孩子能记得这些真有些不可思议……那您呢，有什么变化吗？”

达拉加纳似乎察觉到这个问题中的苦涩。但也许他错了，或许，对于佩兰·德拉拉来说，很简单，这只是马蒂尼酒的效果，秋天，在咖啡馆的平台上，晚上十点钟，独自喝上一杯的苦涩。

“我正在写书……”

他在想，为什么要对佩兰招认这一切呢。

“啊……那时候，你还嫉妒米努·德鲁埃呢！”

达拉加纳已经忘记了这个名字。哦，是的，就是那个和他同龄的小姑娘，曾经出版过《树，我的朋友》的诗集。

“文学是很不容易的……我想您已经有所体会了……”

佩兰·德拉拉用了一种教训的口吻，让达拉加纳感到很是惊讶。仅凭童年时代对他的认识，这是个肤浅的男人。那个肘部撑在壁炉的大理石面上的侧影。他和母亲，托尔斯泰尔，或许还有那个鲍勃·布尼昂一起属于“蝉蛹俱乐部”吗？

他最终开口道：

“您离开巴黎这么长时间，这次是彻底决定回来了吗？”

佩兰耸了耸肩膀，傲慢地看了达拉加纳一眼，就好像他不值得尊重一般。

“我不知道您所谓的彻底决定是什么意思。”

达拉加纳也不知道。他只是为了多点谈话的内容。而这个家伙生气了……他想要站起身来，似乎要对他说：“好吧，祝您好运，先生……”也许，在跨过平台的玻璃门时，他还会冲他笑一下，挥一下手，表示永别，就像在火车站站台上那样。达拉加纳努力克制住自己。必须耐心一点。他也许有安妮·阿斯特朗的消息。

“您还给过我阅读的建议……您记得吗？”

他试图用一种充满感激的语调说。再说这也的确是真的，在他孩提时代，这个幽灵的确给他送过拉封丹的《寓言集》，是阿谢特出版社浅绿色封面的那套经典丛书中的一本。后来，也是这个男人建议他长大以后可以读一读《法布里齐奥·卢波》。

“真的，您的记忆力真好……”

佩兰的语调舒缓下来，他还冲达拉加纳笑了一下。然而这笑里有些紧张。他向达拉加纳俯身道：

“我需要告诉您……我已经认不出我生活过的巴黎了……仅仅五年不在……我仿佛置身于一座陌生的城市……”

他咬紧牙关，就好像在一阵混乱的思绪中，想要阻止那些词脱口而出似的。也许他已经很长时间没有和别人说过话了。

“大家都不接电话……我不知道他们是否还活着，或者他们忘了我，或者他们没有时间和别人交流……”

他的笑容变得更加清晰，目光也更加温柔。也许他是为了减轻话语中的忧伤，这份忧伤与空旷的咖啡馆平台甚为相符，灯光投射在平台上，留下了斑驳的阴影。

对于自己吐露这些隐私，他似乎有些后悔。他挺直上半身，转向露台的玻璃门。他的脸尽管有些臃肿，还有那头让他看上去有些像假发的灰色鬈发，他却依然和十年前一样，保持着那么一种一动不动的雕像般的姿态，达拉加纳对于佩兰·德拉拉的记忆并不多，这种姿态却是其中的一幅画面。并且，他以前和别人交谈时就经常半侧着身，和现在也一模一样。或许人们和他说过，他的侧面很是英俊，只不过对他说过这些话的人应该都不在了。

“您就住在这附近吗？”达拉加纳问他。

再一次，他冲他弯过身，犹豫着要不要回答。

“不算太远……在泰尔纳街区的一间小旅馆……”

“您最好能够告诉我地址……”

“您真这么想？”

“是的……我很希望能够再见到您。”

就要进入问题的实质了。达拉加纳感觉到了某种恐惧。他清了清嗓子。

“我想要和您打听点消息……”

他的声音显得无甚心机。他注意到佩兰·德拉拉的脸上浮现出很惊讶的表情。

“有个人，也许您认识……安妮·阿斯特朗……”

他用力地发出这个名字，每个音节都发得清清楚楚，就好像打电话的时候，你会担心电话里嗞啦嗞啦的响声会吞没了你的声音一样。

“您再说一遍……”

“安妮·阿斯特朗。”

他几乎是在叫喊，感觉自己仿佛是在叫救命。

“我在她家住过很长一段时间，是圣勒拉弗莱的一幢房子里……”

他觉得自己在说这些话的时候发音极其清楚，在露台静默的空气中，带有一种金属般的质感，但是他想，这一切也都无济于事。

“是的……我知道……有一次我们去那里看过您，和您母亲一起……”

他沉默下来，此事到此为止。对于他来说，这只是一个遥远的记忆，和他没有多大关系。永远都不要指望别人能够回答你的问题。

然而，他却又补充道：

“一个很年轻的女人……看上去像是夜总会的舞女……比起我来，鲍勃·布尼昂和托尔斯泰尔应该更熟悉她……还有您的母亲……我想她进过监狱……您为什么会对这个女人感兴趣？”

“她对于我来说很重要。”

“那好吧……我很遗憾，不能给您提供信息……

我只是听别人大概说起过她，您母亲，还有鲍勃·布尼昂……”

他的声音显得非常高贵。达拉加纳在想，他是不是在年轻时碰到过什么人，对他产生过深刻影响，于是一直在模仿他，晚上，在镜子面前，反复操练，模仿他的姿态，声调，因为在这个有些天真的好孩子看来，那个人就代表了巴黎式的高贵。

“我唯一能告诉您的，是她进过监狱……其他关于这个女人的消息，我真的一无所知……”

露台上的霓虹灯灭了，是在告诉最后的这两位顾客，咖啡店即将关门。达拉加纳想起了那天晚上为了躲雨进的蒙帕纳斯电影院。电影院里没有暖气，不多的几个观众都穿着大衣。在电影院里，他常常会闭起眼睛。对于他来说，声音和音乐远比影像更有意义。他想起了那天晚上影片里的一句话，声音沉闷，就在放映厅的灯光重新亮起前的一瞬，他甚至觉得这话是自己说的：“需要走那么远的路，我才能抵达你的身边。”

有人碰了碰他的肩：

“先生们，我们要关门了……是该离开的时候了……”

他们一同穿过林荫大道，进入街心花园，白天这里是邮票摊子。达拉加纳犹豫着，不知是否应该就此别过佩兰·德拉拉。佩兰却停了下来，似乎突然间想到了什么：

“我甚至不知道她为什么会进监狱……”

他向达拉加纳伸出手，达拉加纳握住了。

“希望不久后就能再见……也许一别又是十年……”

达拉加纳不知该如何回答，他站在那里，在人行道上，目送他的离开。佩兰穿着他那件过于单薄的外套，渐行渐远。他沿着树荫，步履极为缓慢，就在他准备穿过马里尼大道的时候，背后一阵风夹杂着枯叶袭来，他险些失去平衡。

回到家里，他打开答录机，想要知道尚塔尔·格里佩或吉尔·奥托里尼是否来过电话。没有。绣着燕子的黑裙子一直搭在沙发背上，橘红色的硬纸袋也在办公桌的同一个位置上，就在电话边。他从硬纸袋里拿出复印的资料。

乍一看，没有什么关于安妮·阿斯特朗的关键内容。啊，不，圣勒拉弗莱的房子的地址赫然在列："埃尔米塔日街 15 号"，后面还附有说明，指出曾经搜查过这所房子。和安妮带他去自动成像馆拍照片以及她在文帝米尔边防检查站遭到搜查是同一年。卷宗里还提到了她的兄弟皮埃尔（拉夫里艾尔街 6 号，巴黎第 9 区）以及罗杰·文森特（尼古拉-须盖街 12 号，巴黎第 17 区），卷宗里怀疑文森特是安妮的"保护人"。

卷宗上甚至指明，圣勒拉弗莱的房子是罗杰·文森特名下的房产。还有一份远远早于警察总署调查之前的报告复印件，风化大队的，调查与相关信息，事关一个叫安妮·阿斯特朗的人，当时住在旅馆里，洛莱特圣母院街46号，调查报告上写着，“在柯勒贝尔星楼[1]甚是有名。”但这一切都很混乱，就好像是某个人——奥托里尼——匆匆忙忙抄写的卷宗档案，跳掉了好些词，把偶然看到的话东一句西一句地抄下来，彼此之间完全没有联系。

真的有必要再次投入这堆厚厚的、令人生厌的卷宗里吗？读着读着，达拉加纳觉得，前晚仔细辨认同样的这堆纸页时，差不多也是一样的感觉：半梦半醒之间听见的这些话，也许，还有早晨脑子里跳出的这些词没有任何意义。然而这一切里，间或缀有明确的地址：埃尔米塔日街15号，尼古拉-须盖街12号，洛莱特圣母院街46号，就像是移动沙丘里可以抓住的几个标记物。

他可以确定的是，等到日后撕了这些纸，他一定会为之松一口气。在此之前，就让这些纸暂时搁在他的办公桌上吧。最后读一遍或许还能发现深藏其中的一点什么，让他可以找到安妮·阿斯特朗的踪迹。

必须找到她给他寄来照片的那个信封。他收到信的那天，曾经通过街道查询过黄页。阿尔弗雷德·德沃当克街

① 旧时巴黎16区一家知名的妓院。

18 号根本没有安妮·阿斯特朗。由于她没有告诉他电话号码，他也只能给她写信，但会有回音吗？

这天晚上，在他的书房里，一切都显得那么遥远……十年过去，已经换了一个世纪……然而，哪怕绕过一条街道，撞上一张脸——甚至只需对话中突然跳出的一个词或者一个音符，安妮·阿斯特朗这个名字就会立刻浮现在他的记忆里。但是，这种浮现已经越来越少，而且越来越短暂，成了一个很快就会熄灭的亮点。

他犹豫过，给她写信，或是发个电报。阿尔弗雷德·德沃当克街 18 号。“请告知电话号码。让。”或者发个气压传送信——那个时候还有。后来，他决定去一趟，尽管他不喜欢不速之客，也不喜欢在街头，有人突然截住你，和你攀谈。

那是一个秋天，诸圣瞻礼节。下午的时分有太阳。平生第一次，“诸圣瞻礼节”这个词没有让他产生悲伤的感觉。布朗什广场，他坐地铁。得换两次。在戴高乐广场和特洛卡德罗广场。节假日的时候，列车的间隔时间比较长，他对自己说，也许自己应该挑另外一天，而不是这样的节假日去见安妮·阿斯特朗。他算了算：从她领他到自动照相馆算到今天，已经十五个年头了。他还记得有个早晨，在里昂火车站。他们一起登上了一列火车，也是长假开始的第一天，列车里都是人。

在特洛卡德罗广场等车的时候，他突然产生了怀疑：也许她根本不在巴黎。十五年了，也许他认不出她来了。

小路的尽头是一道栅栏门。栅栏门之后，拉内拉花园的树木。人行道上没有一辆车。一片沉寂。几乎让人觉得这里没有人居住。18号是最后一个号码，在小巷深处，就在栅栏门和树木的前面一点点。一幢白色的建筑物，更确切地说，是一幢三层楼的房子。入口处有一个内线电话。而在内线电话唯一的按键旁还有个名字：文森特。

看上去这是一幢废弃的建筑物，和整条街一样。他按下了按键。他听到从电话的那头传来嗞啦嗞啦的声音，也许是风摇动树叶发出的。他弯下身去，一字一顿地说了两遍：是让·达拉加纳。一个女人的声音，被风吞没了一半：“二楼。”

玻璃门慢慢地打开，他置身于门厅，一盏壁灯照亮着四面白墙。他没有用电梯，而是沿着转弯的步行楼梯拾级而上。来到了楼梯平台，只见大门微启，她就站在门口，一半脸藏在里面。接着他打开了门，定定地看着他，仿佛已经认不出他来。

“进来，我的小让……”

羞涩的声音，然而有些喑哑，仍然是十五年前他熟悉的那个声音。她的脸没有变，还有她的眼神。头发不那么短了。差不多齐肩。她现在年龄几何？三十六？他们站在门厅，她一直好奇地看着他。于是他找了点话头：

“我也不知道是否应该按那个写着‘文森特’的按键……”

“我现在姓文森特……我的名字也改了呢，想象一下……阿涅丝·文森特……”

她把他带到旁边的一间房子里，应该是用来做客厅的，但是少有几件家具，就只是一张沙发和一旁的落地灯。一扇大玻璃窗外，是枝叶仍然还在的树。叶子掉落尚需时日。阳光照在地板和墙上。

“坐吧，我的小让……”

她在沙发的另一边坐下，为了更好地观察他。

“也许你还记得罗杰·文森特？”

的确，她才说出这个名字，他就回忆起停在圣勒拉弗莱房子前的一辆美国敞篷车，还有那个靠在方向盘上的男人，第一次见到的时候，他认为是个美国人，因为他身材高大，而且说话时有轻微的口音。

“几年前，我和罗杰·文森特结了婚……”

她望着他，微笑中略带尴尬。希望他能原谅她结婚了？

“他越来越少在巴黎……我想，倘若能够见到你，他一定会很高兴……有一天我给他打电话时说，你写了本书……”

在圣勒拉弗莱的时候，有一天下午，罗杰·文森特曾经开着他那辆敞篷车到学校门口等他。车沿着艾尔米塔口街开过，马达的声音却不是那么大。

“我还没有读完你的书……我一下子就看到了照相馆的那一段……你知道的，我从来不读小说……”

她浮现出请求原谅的表情，就像刚才，她告诉他，她和罗杰·文森特结婚的时候。可是不，她不需要“读完”这本书，而且现在他们已然一起坐在沙发上了。

“你也许会奇怪，我怎么知道你的地址……因为我遇到了一个人，去年，他曾经开车送你回家过……”

她皱起眉，似乎在想那个人的名字。但是达拉加纳想起来了：

“吉·托尔斯泰尔？”

“是的……吉·托尔斯泰尔……”

为什么，总是有一些人，你不怀疑他们的存在，偶然间遇见了一次，并且此生几乎不会再见，可他们竟然会在你的生活中暗暗地扮演非同一般的角色？多亏了托尔斯泰尔，他得以再次见到安妮。他真应该感谢这位托尔斯泰尔。

“我根本不记得这个人了……他应该住在这一带……有天在街上他走过来和我说话……他说十五年前，他曾经到圣勒拉弗莱的房子来过……”

也许正是因为去年秋天，在赛马场和达拉加纳相遇刷新了他的记忆。托尔斯泰尔谈起过圣勒拉弗莱的房子。达拉加纳还记得，托尔斯泰尔跟他说："我记不得究竟是在巴黎郊区的哪个地方了。"还有，"那个孩子，我想应该是你。"当时他不想回答。这么长时间以来，他不再去想安妮·阿斯特朗，也不再去想圣勒拉弗莱。然而，这次相遇却突然激活了他一直小心翼翼对待——尽管他并没有意识到——的记忆。可瞧，就这样了。这些记忆如此坚韧。就在当天晚上，他开始写这本书。

"他和我说，是在赛马场遇见你的……"

她微笑着，似乎是个玩笑。

"我希望你不赌。"

"不，我不赌。"

他赌？他甚至从来不明白，那些人怎么能够在赌场待这么长时间，站在桌边，一声不吭，一动不动，像个活死人。每次保罗和他谈起双倍赌注法什么的时候，他都很勉强才能听得下去。

"赌徒的下场大多很悲惨，我的小让。"

也许她很明白。住在圣勒拉弗莱的时候，她常常回来得很晚，而他，达拉加纳，有时在她回来之前，他无法入睡。听到她的车轮在砾石上发出的摩擦声，即将熄灭的马达声，那是多么大的安慰呀。还有她的脚步声，沿着走道……凌晨两点钟，她在巴黎干什么呢？也许她赌博。这么多年过去了，现在他不再是个孩子了，他应该可以问问她。

“我不知道这位托尔斯泰尔先生是做什么的……我想应该是在王宫附近做古董生意……”

表面上看来，她不知道该和他谈些什么。他希望她能够放松些。可她和他的感觉应该是一样的，仿佛两人之间存在着一个阴影，谁都不愿意涉及。

“那么现在你是作家喽？”

她冲他笑了一笑，这笑容在他看来有些讽刺。作家。为什么不告诉她，他的《夏日的黑暗》实际上就是个寻人启事？运气稍微好一点的话，这本书就可以引起她的注意，然后她就会和他打个招呼。这就是他写这本书时所想的。仅止于此。

日光渐渐暗下来了，但是她没有打开一旁的落地灯。

“我应该早就和你打个招呼的，可是我的生活有些动荡。”

她刚才使用的是过去完成时，就好像她的生活已经结束了。

“你会成为一个作家，我一点也不觉得吃惊。小的时候，在圣勒拉弗莱，你就读了很多书……”

达拉加纳更希望她谈谈她自己的生活，但是看起来她不太愿意。她一直侧身坐在沙发上。尽管已经隔了这么多年没有相见，这侧影却倏然激活了他曾经如此清晰的记忆。有一天下午，安妮也是用这样的一个姿势坐在驾驶座上，上半身挺得笔直，侧面对着他，而他就坐在她身边。车子停在圣勒拉弗莱房子的门前。他注意到，她右面的脸颊上滑落了一颗不易察觉的泪珠。她猛地用肘部蹭了一下，擦去泪水。接着她发动了车子，就像什么都没有发生一般。

“去年，”达拉加纳开口道，“我遇到了你的另一个熟人……也是在圣勒拉弗莱住的时候认识的……”

她转向他，焦虑的看了他一眼。

“谁？”

“一个叫雅克·佩兰·德拉拉的。”

“不，我想不起来了……在圣勒拉弗莱的时候遇见了那么多人……”

“那鲍勃·布尼昂呢？你也想不起来？”

“是的，想不起来。”

她靠近了他，抚摸着他的额头。

“这个脑袋里都在想些什么呀，我的小让？你是不是想让我接受讯问？”

她直视着他的眼睛。这眼神中并没有丝毫的威胁。只是有些担忧。她再一次抚摸他的额头。

“你知道的……我记不住事情……”

他想起佩兰·德拉拉说过的话：“我唯一能告诉您的，是她进过监狱。”如果他把这个告诉她，她一定会感到非常惊讶。她会耸耸肩膀，然后对他说：“他应该是把我和另一个人搞混了。”或者说：“你相信吗，我的小让？”或许她根本不是装的。我们总是会忘记生活中让自己感到尴尬的或者过于痛苦的细节，不是吗？只需要踏上冲浪板，闭上眼睛，听凭自己在幽深的水面上滑行。不，并不见得总是故意忘却，有一次，在格莱西沃丹广场一幢建筑物下面的咖啡馆里，他和一位医生交谈过，那位医生就和他这样说。而且医生还送给他自己在法国大学出版社出版的一本小书，《忘却》，在上面为他题了词。

“你想知道我为什么会领你去快照馆吗？”

达拉加纳觉得，她并非出于真高兴才涉及这个话题。只是夜晚来临，在这黑黢黢的客厅里，人们比较容易吐露心声。

“很简单……因为你父母不在，我想要带你一起去意大利……但是要去意大利，你需要办护照……”

他有一个黄色的硬纸板箱子，很多年来，他从一处房子拖到另一处房子，里面堆满了作业本、成绩单、小时候收到的明信片，还有那个时代读的书：《树，我的朋友》、《神秘货轮》、《无头马》、《一千零一夜》，也许箱子里会有他的旧护照，上面贴着他去快照馆拍的照片，就是那种海蓝色的护照。但是他永远也不会打开那纸箱。箱子上了锁，而他掉了钥匙。或许护照也掉了。

“后来，我没有带你去意大利……我不得不留在法国……我们在天蓝海岸一起待了几天……后来你就回家了……”

他父亲去一座空荡荡的房子接回了他，后来他们一起坐火车回到巴黎。她所谓的“回家”究竟指的是什么呢？纵然他在记忆里翻了个遍也是枉然，他没有一丁点儿关于日常语汇“回家”的记忆。火车来了，很快，一大早，就能抵达里昂火车站。接下去，就是长长的，永远结束不了的寄宿生活。

“读到你书中关于快照的那一节，我在我的证件里找到了那些快照照片……”

达拉加纳要等到四十多年之后才能知晓关于这桩轶事的另一个细节：在文帝米尔边防检查站搜查过程中，发现了一个“身份不明的孩子”的几张快照照片。“我唯一能告诉您的，”佩兰·德拉拉告诉他，“是她进过监狱。”可以肯定的是，她出狱时，人们把这些照片和搜查中拿走的其他物品还给了她。但是此时，在这张沙发上，坐在她身边，达拉加纳对这个细节还一无所知。通常，当我们获知亲朋好友隐藏的、自己生活中的某一个细节时，已经太晚了。可亲朋好友的隐藏是有意而为之吗？或者他只是忘记了，更确切地说，是随着时间的流逝，他不再会想起。再或者，更简单，他找不到用于叙述的词语。

“很遗憾，我们没有能一起去意大利。”达拉加纳笑着说。

他觉得她想要告诉他一些私密的事情。但是她轻轻摇了摇头，仿佛是为了驱走不好的念头，——或者说是不愉快的记忆。

“那你现在住在格莱西沃丹广场？”

“也不算是。我在另一个街区也租了间房。”

他仍然保留着格莱西沃丹广场房子的钥匙，因为房主不在巴黎。所以他有时会悄悄地去。想到能够藏身于两个不同的地方，这能让他感到安心。

“是的，在布朗什广场那边的一间房子……”

“布朗什？”

这个名字似乎唤起了她某个熟悉的回忆。

天几乎完全黑了，她打开了落地灯。他们俩坐在光晕里，客厅依然笼罩在黑暗中。

“我对布朗什广场街区一带很熟悉……你记得我的兄弟皮埃尔吗？……他在那里有个修车行。”

一个棕色头发的年轻男子。在圣勒拉弗莱，有时他会睡在圣勒拉弗莱走廊尽头左手边的小房间里，房间朝着院子，靠近一口水塘。达拉加纳还记得水塘里有一只独木舟和一辆四匹马拉的马车。有个星期天，安妮的这个兄弟——他总是记不得他的名字——带他去看美德拉诺马戏团的马戏。看完后，他们就是坐这辆马车回到圣勒拉弗莱的。

“自从住到这里来，我再也没见过皮埃尔了……”

“这里是个奇怪的地方。”达拉加纳说。

他转向那扇大玻璃窗——此时玻璃窗成了一面巨大的黑色屏幕，外面的树叶已经完全分辨不出。

“这里是世界的尽头，我的小让，你不觉得吗？”

刚才，这条街的静谧和尽头的，让这条街成了死胡同的栅栏门的确让达拉加纳有些吃惊。这会儿夜幕降临，这幢建筑物似乎位于树林边一般。

“战后，罗杰·文森特租了这座房子……房子是政府收缴的……房主就是那类不得不离开法国的人……你知道的，和罗杰·文森特在一起，事情总是变得有点复杂……”

她称呼他“罗杰·文森特”，从来不只叫他的名字。达拉加纳也是如此，在他的孩提时代，他和他打招呼的时候，也总是叫他“您好，罗杰·文森特”。

“我不知道为什么还留在这里……他们想把房子租给某个使馆，或是拆了……有时晚上，我一个人在，会感到很害怕……底楼和三楼都没有人……罗杰·文森特几乎从来不在……”

她更愿意与他谈谈现在，达拉加纳很理解她。他在想，这还是他过去熟悉的那个女人吗？就是在他小的时候，圣勒拉弗莱的那个女人？那他自己呢，他是谁？四十年后，当那张放大的快照出现在他面前，他甚至不知道照片上的孩子是谁。

*

稍晚一些时候，她要带他去吃晚饭，就在她住的附近，他们来到了穆埃特街的一家小酒馆。他们俩在酒馆最里面坐了下来，面对面。

“我记得住在圣勒拉弗莱的时候，我们俩有时会一起去饭店吃饭。”达拉加纳对她说。

“你确定吗？”

“饭店的名字是艾尔米塔日小屋。”

这个名字给童年的他留下了很深的印象，因为与街名相同。

她耸了耸肩。

“我感到很惊讶……我从来不会带一个孩子去饭店。”

她的语调很严肃，达拉加纳吃了一惊。

“你后来在圣勒拉弗莱又住了很长时间吗？”

“不……罗杰·文森特把房子卖了……你知道的，那房子是罗杰·文森特的。”

他一直认为房子是安妮·阿斯特朗的。在他小时候，她的名字和姓氏似乎连在一起：安妮阿斯特朗。

“我在那里差不多待了一年，是吗？”

他嗫嚅着问出这个问题，似乎害怕她不会回答。

“是的……一年……我也不知道了……你的母亲希望你呼吸一点乡间的空气……我觉得她是想摆脱你……”

“你怎么认识她的？”

“哦……通过朋友……那会儿我遇到的人太多了……”

达拉加纳非常清楚，关于圣勒拉弗莱那个时期的事情，她不会说得太多。他应该对自己保有的记忆感到满足，不多的，可怜的那点记忆，他甚至不能够确定，因为就在刚才，她告诉他，她从来不会带孩子去饭店。

“请原谅，我的小让……我几乎从不去想过去……”

她犹豫了一下，接着说道：

“那会儿，我有非常艰难的时刻……我不知道你是不是还记得克莱特？”

这个名字只是唤起他非常模糊的一点记忆，如同在墙面上倏然掠过的一道光影一般难以捉摸。

“克莱特……克莱特·洛朗……在圣勒拉弗莱，我的房间里有她的一张肖像画……她给画家做过模特儿……她是我少女时代的一个朋友……”

他想起了两扇窗之间的那幅画。一个年轻的女子，手撑在一张桌子上，掌心托着下巴。

“她在巴黎的一间旅馆里被杀了……一直没有查出凶手……她那时经常来圣勒拉弗莱……”

凌晨将近两点，安妮从巴黎回来，有好几次，他也曾经听到过走廊里传来笑声。这也就意味着她不是一个人。接着，房间的门关上了，呢喃声穿过墙壁传入他的耳中。有一天早上，他们还陪着这个克莱特·洛朗回巴黎，用的是安妮的车。她坐在前排，安妮旁边，他一个人坐在后排。他们和她一起在香榭丽舍大街散步，就是邮票市场那一带。他们在一个摊子前停了下来，克莱特·洛朗给他买了一小袋邮票，是埃及国王的肖像系列邮票，不同的色彩。正是从这一天，他开始集邮。他将一张张邮票排在集邮簿透明玻璃纸后面，而那本集邮簿，也许他就放在那个硬纸箱子里。他已经十年没有打开过这个箱子了。他无法离开这个箱子，但是丢了箱子的钥匙，他还是为之深深松了口气。

还有一天，他们也是和这个克莱特·洛朗一起，去了蒙莫朗西树林另一边的一个村子。安妮将他的车子停在一个小城堡前面，她对他解释说，这就是她们俩认识的寄宿学校，她和克莱特·洛朗。她们和他一起参观了寄宿学校，学校的校长陪着他们。教室和宿舍都空荡荡的。

“那么说来，你记不得克莱特了？”

“不……当然记得，”达拉加纳说，“你们是在寄宿学校认识的。”

她吃惊地望着他。

“你怎么知道的？”

“有天下午，你们带我去参观过那所寄宿学校。”

“你确定吗？我不记得有这回事。”

“是在蒙莫朗西树林的另一边。”

“我从来没有和克莱特一起带你到那儿去过……”

他不想反驳她。也许他会在医生题词送给他的那本书中找到答案，那本白色封面的，关于记忆的小书。

*

他们沿着拉内拉花园边上的小径往前走。因为夜晚，树木，还有一旁挽着他胳膊的安妮，达拉加纳觉得又回到了过去，与她一起在蒙莫朗西树林里散步。她将车子停在树林的十字路口，他们一直走到佛索布洛纳水塘。他还能记得那些地方的名字：夏纳和穆什两条街道的十字路口。拉布万特路口。有个地名让他感到害怕：孔代王子十字军。就在安妮为他注册就读、通常会在下午四点半来接他的那所学校里，老师讲过这位王子的故事，人们在圣勒城堡里发现他吊死在自己的卧室里，但是对于他死亡的确切原因，从来就没有人搞清楚过。老师叫他“孔代家族的最后一个”。

“你在想什么，我的小让？”

她将脑袋靠在他的肩上，达拉加纳想告诉她，他在想“孔代家族的最后一个”，想他上的那所小学，还有他们在树林里的漫步。但是他害怕她会回答他说：“不……你弄错了……我一点也记不起这些事情。”他也一样，十五年来，他最终也忘记了一切。

“你应该带我去看看你的房子……我很希望能和你一起去布朗什街区看看……”

也许，她回忆起，在乘火车去南部以前，他们曾经在这一带过了几天。但是，关于这一点，他也不敢再提问题。

“你会觉得房子太小了……”达拉加纳说，“再说也没有暖气……”

“这不要紧……你想想看，我们年轻的时候，和我的兄弟皮埃尔，就在这个地方，冬天，我们真是冷得要命。”

但是至少这一点记忆并不令她感到痛苦，因为她笑了。

他们走到小径的尽头，已经非常接近穆埃特门。他在想，或许这秋天的味道，树叶和潮湿的土地的味道是来自布劳涅森林。甚至，是穿越了时间，蒙莫朗西树林的味道。

*

他们又折回来，返回她略带一丝讽刺称之为“家”的地方。他们俩一起走着，这让他有一点点丧失了意识的感觉。他最后竟然在想，在这个陌生女人的陪伴下他究竟走了多久。也许这是他才遇见的一个女人，就在花园的小径上，或是在某一幢黑黢黢的建筑物前。如果他偶然能够捕捉到一丝光亮，那便是通过一楼窗户透出来的灯光，就好像是主人早就离开了，只是忘了关灯。

她抓紧他的胳臂，就好像是为了证明他的确在。

"每次在这时候回到家中，我总是感到害怕……我不知道自己究竟是在哪里……"

的确，我们正在穿越**无人之地**，或者更确切地说，是切断了一切联系的中间地带。

"想象一下，你需要买包烟，或是去深夜依然营业的药店……可在这里真的很困难……"

她再一次笑出声来。她的笑声和他们的脚步声在街头回荡，这一带的街道，有一条还是用一个已经被人遗忘的作家的名字。

她从大衣口袋里拿出一串钥匙，插进大门的锁孔试了好几把才找到。

"让……你陪我上去吗？我害怕幽灵……"

他们走入了黑白石板地面的门厅。她打开了里面一道小门。

"我带你看看底楼？"

底楼是一连串的空房间。浅色木板装饰的墙面，大玻璃窗。就在天花板下方一点点的位置，嵌在墙上的壁灯投射出光来。

“这里应该是客厅，饭厅和图书室……有一段时间，罗杰·文森特在这里堆放商品用的……”

她关上门，抓住他的胳臂，带着他往楼上走去。

她再一次打开门，打开镶嵌在同样高度的灯。就像底楼一样，这里是一间空荡荡的房间。她打开大玻璃窗中的一扇，玻璃已经碎了。呈现在他们眼前的，是花园的树影笼罩下的一个巨大平台。

“以前房主的体操房……就是战前住在这里的人……”

达拉加纳注意到楼板上有洞，这块楼板似乎是软木的。墙上钉着木头，其间是用来安放哑铃的缝隙。

“这里都是鬼魂……我从来不一个人来……”

在二楼的门前，她将手放在他的肩头。

“让……今天晚上你能留下来陪我吗？”

她领他走向用作客厅的那间房。她没有开灯。在沙发上，她冲他弯下身，在他耳边低声道：

“如果我必须从这里搬走，你能不能收留我，让我住在你布朗什广场的房子里？”

她轻抚着他的额头。然后，仍然用低沉的声音说道：

“就像我们从不曾认识那样。这很简单……”

是的，不管怎么说，是很简单，因为她告诉过他，她已经换了姓，换了名。

将近夜里十一点的时候，书房的电话铃声响了起来，但是他没有接，等着对方在答录机上留言。喘息声，开始时还是很有规律的，接着越来越急促，显得非常遥远的声音，他都分不清是男人还是女人发出的。一阵呻吟。接着又是喘息声，答录机中传来两种彼此交织的声音，似在耳语，而又让人辨不清楚究竟在说些什么。他最终关上了答录机，并且拔掉电话线。是谁？尚塔尔·格里佩？吉尔·奥托里尼？或者是他们俩？

最终他决定趁着夜晚的静谧最后再读一遍“卷宗”。但是他才开始，就有一种不太舒服的感觉：句子纠缠在一起，别的句子会突然跳出来，盖住了先前的，然后他还没有足够的时间加以分辩，就又消失了。他仿佛读的是隐迹纸本，所有的文字都用套印的方式彼此交缠，就像显微镜下的杆状菌一般舞动着。他把这一切归咎于疲惫，于是闭上了眼睛。

待到他重新睁开眼睛，他的目光落在《夏日的黑暗》中出现了吉·托尔斯泰尔的那一段上，是复印下来的一段。除了快照馆的情节——他从真实生活中拿来的一段，他对于自己的第一本书真的是一点印象也没有了。唯一他保留的部分，就是他去掉的前面二十页。在他的印象里，这二十页是书的开头，之后他完全放弃了。他曾经给这没有出版的第一章起了个名字：《回到圣勒拉弗莱》。这二十页一直在某个硬纸箱或是某个旧箱子里沉睡着吗？还是他已经撕毁了？他也不清楚。

原本，在写作之前，他打算最后一次——在十五年之后——去看看圣勒拉弗莱。不是朝圣，而是去看看，或许能够帮助他完成书的开头。而关于这次“重回圣勒拉弗莱”，在几个月后，他重新见到安妮·阿斯特朗的时候，他并没有提及，那天晚上他重新见到她，书已经出版了。他很怕她会耸耸肩，然后说：“这个念头多可笑呀，我的小让，重新回到那里……”

于是，就在遇见托尔斯泰尔几天后的一个下午，他乘坐公共汽车到了阿尼耶门。那一带的郊区已经完全变了样。当年安妮·阿斯特朗晚上从巴黎回来走的也是同样的路线吗？汽车在埃尔蒙火车站附近走的是铁路线下的公路。然而，如今过去了四十多年，他在想，这次去圣勒拉弗莱的行程，是否仅仅是个梦。或许是因为写了小说的一章，造成了他的这种混乱。他走上圣勒大道，穿过喷泉广场……街面上漂浮着黄色的薄雾，他在想，这雾是不是来自森林。艾尔米塔日街，他可以肯定的是，在安妮·阿斯特朗住在那里的时候还没有那么多房子，原来都是些树，两边的树冠已经形成了穹顶。他真的是在圣勒吗？他觉得自己认出了房子临街的那部分，还有安妮经常停车的门廊。但是稍远处的围墙没有了，一幢水泥的大楼取而代之。

对面，栅栏门里是一幢带有英式凸肚窗的两层小楼，外墙上爬满了常春藤。栅栏门上钉着一个铜质的小牌，上书：路易·伍斯特拉医生。他还记得，有一天早晨，上完学后，安妮领他到这个医生这里来过，还有一个晚上，医生也到过他家，到了他的卧室里，因为他病了。

他犹豫了一会儿，就站在街当中，接着他做了决定。他推开花园前的篱笆门，走过一级级台阶。他按了门铃，等了一会。门开了一条缝，他看见一个高个子男人，剪得很短的白发，蓝色的眼睛。他已经认不出他来了。

“伍斯特拉医生？”

男人做了个动作，显得颇为吃惊，就好像达拉加纳才把他从睡梦中拽起来一样。

“今天没有预约的问诊。”

“我只是想和您聊聊。”

“什么事呢，先生？”

问题里没有丝毫的怀疑。他的语调很友善，音色中自有一种令人安心的东西。

“我写了一本和圣勒拉弗莱有关的书……我想问您几个问题。”

达拉加纳那么紧张，以至于在说这句话的时候好像都结巴了。男人微笑着打量他：

“请进，先生。”

他带他来到客厅，壁炉里烧着火，他指了指凸肚窗对面的扶手椅。他也坐在类似的一张扶手椅里，椅子上盖着同样的苏格兰织物，他在他旁边坐下。

“不过有什么特殊的原因让您想起来找我呢？”

他的声音非常低沉，温和，足以令最为狡诈和顽固的罪犯在很短的时间里招认罪行。至少达拉加纳是那么想的。

“我是路过，看见了您的门牌。我在想，一个在这里行医的医生或许会很了解这一带……”

虽然有些尴尬，他努力用一种明确的方式说话，他很准确地使用了“地方”这个词，而不是“村子”，这个自然而然来到他脑中的词。但是圣勒拉弗莱已经不是他小时候居住的那个村子了。

“您没有错。我在这里已经行医二十五年了。”

他站起身，走向一个架子，达拉加纳注意到架子上有一个装利口酒的小箱子。

“您想喝点什么吗？来点波尔图甜酒？”

他把杯子递给达拉加纳，重新回到自己的椅子上，在他身边的那只扶手椅里坐下，铺着苏格兰织物的扶手椅。

“您在写一本关于圣勒的书？好主意……”

“哦……一本小册子……是关于法兰西岛不同地方的一个系列……”

他在找寻一些能够得到伍斯特拉医生信任的细节。

“例如，我会用一章的篇幅，来谈谈孔代家族最后一个王子神秘的死亡。”

“我觉得您对我们的小城市非常了解。”

伍斯特拉医生用他那双蓝眼睛直愣愣地望着他，冲他微笑，就像十五年前，医生到对面房子里，他的卧室问诊时一样。那次是感冒吗？还是别的什么说法特别复杂的儿童病？

“我还需要一些非历史的细节，”达拉加纳说，“例如关于这城市居民的什么逸闻趣事……”

对于自己竟然能够把话说完，而且是这么长的一句话，达拉加纳自己都感到吃惊。

伍斯特拉医生似乎陷入了沉思，他的眼睛定定地看着壁炉里一块慢慢消耗着的木柴。

“我们圣勒有一些艺术家。”他一面说一面轻轻摇着头，似乎在重新激活自己的记忆。

“钢琴演奏家旺达·朗多夫斯卡……还有诗人奥利维尔·拉隆德……”

“您允许我记下他们的名字吗？”达拉加纳说。

他从外套的一个口袋里掏出一支圆珠笔，还有他自从写书以来就总是随身带的一本黑色的单面仿皮漆布小本。他会在上面记上只言片语，或是小说可能用的标题。他非常认真的，用大写字母记下了：WANDA LANDOWSKA。OLIVIER LARRONDE。他希望给伍斯特拉医生留下他总是那么勤勉的印象。

“非常感谢您提供的信息。”

“我肯定还能想起另外一些名字……”

“您真好，”达拉加纳说：“您是不是能想起，或者是十分偶然的，在圣勒拉弗莱发生过什么新闻？”

“新闻？”

看上去，伍斯特拉医生对这个词颇感惊讶。

“当然不是指犯罪……比如说是存有疑点的什么，碰巧发生在这里……有人告诉我这里有所房子，就在您家对面，曾经住过一些很奇怪的人……”

好，他进入了正题，比他预想的更快。

伍斯特拉医生再一次用蓝眼睛定定地看着他，达拉加纳感觉到正被他目光中的一丝怀疑穿透。

“对面的那座房子？”

“对面偏右一点，有拱廊的那座……”

“您说的是马拉德莱里？”

达拉加纳已经忘了名字，这个名字让他的心脏收缩了一下。有一瞬，他觉得自己正打拱廊下走过。

“是的，是那儿……马拉德莱里。”发出这五个音节突然让他感到一阵不安，或者说是恐惧，仿佛马拉德莱里与他的一个噩梦相关。

“谁和您谈起马拉德莱里的？”

这问题来得猝不及防。他本该和伍斯特拉医生说真话的。现在已经太迟了。他刚才就应该这样，走在台阶上的时候。“您曾经给我看过病，很久以前，我小的时候。”可是不行，他会觉得自己是个骗子，是偷了别人的身份。如今这个孩子对于自己来说已经完全是个陌生人了。

“是艾尔米塔日饭店的老板和我说的……”

他这么说完全出于偶然，就是为了欺骗一下医生。这个饭店还在吗？或者，除了在他的记忆中，它从来没有存在过？

“啊，是的……艾尔米塔日饭店……我想现在应该不叫这个名字了……您早就熟悉圣勒这个地方了？”

达拉加纳觉得一阵眩晕，就是在你即将招认，从此生命的流程即将彻底改变时所感觉到的那种眩晕。此刻，他就站在山坡上，只要听凭自己滑落就行，就像滑滑梯。在马拉德莱里花园的尽头，就有一座滑梯，也许是以前的房主安的，楼梯的栏杆都已经生锈了。

“不，这是我第一次到圣勒拉弗莱来。”

外面，夜幕已经降临，伍斯特拉医生打开了灯，又把壁炉里的火拨旺了一点。

“冬天的天气……您看到刚才的雾了吗……这火生得很及时……”

他坐回扶手椅中，冲达拉加纳弯过身。

“今天您的运气真好，摁响了我的门铃……今天是我的休息日……不过另外一方面，我也减少了在家看病的人数……”

他用了“看病”这个词，也许是为了暗示他，他已经认出他来了？但是十五年来，他在家里看的病人不计其数，他根本不可能分辨出所有病人的脸，走廊尽头的那间小房子就被他用来当作诊室的。再说，达拉加纳想，又如何可能在那个小孩和如今的他之间建立什么联系呢？

“的确，马拉德莱里住过一些奇怪的人……您觉得真有必要谈谈他们吗？”

达拉加纳觉得他这些看似平常的话里藏着些什么。就像听广播的时候，混乱不清的声音，彼此交叠。他似乎听见他在问：“为什么你十五年之后又回到了圣勒呢？”

“有人说这座房子遭到了诅咒……也许是因为这个名字……”

“名字？”

伍斯特拉医生笑了。

“你知道‘马拉德莱里’是什么意思吗？”

“当然。”达拉加纳说。

他其实不知道，但是他羞于向伍斯特拉医生承认这一点。

“战争前，这所房子里住的也是个医生，和我一样，后来他离开了圣勒……后来，我到这里的时候，有一位叫吕西安·弗莱的经常出入这里……据说是巴黎某个地下机构的业主……来来往往的人于是很多……就是在这个时期，这所房子里有很多古怪的人……一直到五十年代……”

达拉加纳将医生的话逐字逐句记在本子上。就好像他马上就要为他揭开身世之谜，所有这些与生命初期相关的岁月，我们已然忘却，除了某个突然从记忆深处浮现的细节，一条覆盖着树荫穹顶的街道，某种香气，或是已经完全对不上号的一个名字，还有滑梯。

“接着这个吕西安·弗莱有一天也消失了，某位文森特……罗杰·文森特先生买下了它，如果我的记忆没有出错……他总是将他那辆敞篷美国车停在街上……”

十五年了，达拉加纳已经完全不能够确定这辆车的颜色。米色？是的，应该是。红色的皮座椅。伍斯特拉医生记得是辆敞篷车，如果他的记忆力足够好，他也应该能够确认这辆车的颜色：米色。但是他害怕，一旦他提出问题，或许会引起他的怀疑。

“我也不知道这位罗杰·文森特先生的职业……也许和吕西安·弗莱一样……他是个四十来岁的男人，经常从巴黎那里过来……”

似乎那会儿，罗杰·文森特从来不在房子里过夜。他白天在圣勒拉弗莱，晚饭之后便离开了。躺在床上，达拉加纳能够听到他的汽车引擎发动的声音，这声音与安妮汽车的声音不一样。更加有力，更加嘶哑。

"据说他有一半美国人的血统，要不就是在美国待过很长的时间……他看上去像个美国人……身材高大……很运动的样子……有天我给他看过病……我记得应该是手腕脱臼了……"

对此达拉加纳没有丝毫记忆。如果罗杰·文森特手腕上绑着石膏绷带，应该给他留下很深的印象。

"还有一个年轻姑娘和孩子住在房子里……不过那姑娘似乎不是孩子母亲的年龄……我猜应该是孩子的姐姐……她有可能是那个罗杰·文森特的女儿……"

罗杰·文森特的女儿？不，他从来没有过这样的念头。关于罗杰·文森特和安妮的关系，他从来没有思考过。他经常想，我们可以相信，孩子从来不提这类的问题。尽管多年之后，我们总会试着解开当时根本不存在的谜团，总会试着辨认某种过于古老，字迹已经消失了一半的语言，哪怕我们连字母都不认识。

"这座房了里有很多人出出进进……有时，那些人会在半夜来……"

那时达拉加纳睡眠很好——孩子的睡眠，除了他守候着安妮归来的夜晚。他也经常听见半夜时分大门的响动，还有喧哗声，但是他总是很快就又睡着了。再说，房子很大，建筑主体就有好几个部分，因而他根本不知道是谁。早晨出门上学的时候，他也会注意到门廊那里停着好几辆车。可是在他卧室所在的那部分建筑附近往往只有安妮的车，停在走廊的另一边。

“那么，在您看来，这都是些什么人呢？”他问伍斯特拉先生。

“曾经对那座房子进行过搜查，但是这些人都消失了……我也接受了询问，因为我是最近的邻居……表面上看来，罗杰·文森特可能卷入了一桩他们称之为‘串联案’的事件……这个词我也是不知道从什么地方看来的，但是我也说不清楚究竟是什么……我必须承认，我对这些新闻从来不感兴趣。”

达拉加纳真的指望比伍斯特拉医生了解得更多吗？关闭的门下透过的一缕勉强可辨的光线提醒你某人的存在。但是他并不想打开门，发现房间里的，甚或是藏在壁橱里的那个人。他立刻想起了一个词，“壁橱之尸”，亦即我们不想揭开的秘密。不，他不想知道所谓“串联案”究竟是什么。从孩提时代开始，他总是做同一个噩梦：先是醒来时感到大大松了口气，仿佛终于躲避开了某个危险。接着，噩梦越来越清晰。他成了某桩非常久远的事件的同谋或者证人。有些人遭到逮捕。而他呢，人们从来没有弄清楚他的身份。他总是被置于接受询问的危险之中，一旦人们发现他和这些“罪犯”有来往。可他根本无法回答问题。

“那个年轻姑娘和孩子呢？”他问伍斯特拉医生。

刚才医生说“我猜应该是孩子的姐姐”时他吃了一惊。也许，生活的一个新世界就此打开，驱散了阴影：他少有记忆的所谓父母，而且他们也希望摆脱他。还有这座圣勒拉弗莱的房子……他有时会想，他究竟在那里干什么。从明天开始，他会投入寻找。首先找到安妮·阿斯特朗的出生证明。然后找到自己的出生证明，达拉加纳，但是不能仅仅满足于得到机打的复印件，而是要找到原始的登记，手写的那种。在有关他出生的字里行间，他能够发现删除、涂描的痕迹，人们想要抹去的名字。

“她经常一个人和孩子住在马拉德莱里……搜查了房子之后，他们也问了她一些问题……据他们问我时所说的，她是个‘杂技舞蹈演员’……”

最后两个词几乎就只是在他的双唇之间。

“这么长时间以来，这是第一次我对别人谈起这个故事……除了我之外，根本没有人知道在圣勒……我是他们最近的邻居……但是您要知道，这些人和我不是一个世界的……”

他冲达拉加纳笑了一下，有点讽刺意味的笑容，达拉加纳也报之以微笑，因为想到这个留着白色短发、看上去像个军人的男人，有着那样坦率的蓝色目光，竟然曾经是——就像他自己说的那样——他们最近的邻居。

“我不认为您会把这些都写进关于圣勒的小册子里去……或者应该在警察局的档案里找到更为准确的资料……但是，坦率地说，您认为必要吗？”

这个问题让达拉加纳吃了一惊。伍斯特拉先生认出了他，而且戳穿了他吗？“坦率地说，您认为必要吗？”他很友善，语调犹似父辈的指责，或是亲人的规劝——一个在你还是小孩子的时候就认识你的人的规劝。

“不，当然没有必要，”达拉加纳说，“就只是简单地写进一本关于圣勒拉弗莱的小册子而已。如果真这么周全，大概都可以写本小说了。”

他的一只脚已经踏上了湿滑的斜坡，坠落就在眼前：向伍斯特拉医生承认按响门铃的真正原因。他甚至可以告诉他：“医生，我们到您的诊室去吧，就像我们过去做的那样……诊室就在走廊的尽头。”

“小说？那就必须了解所有的人物。房子里来往有很多人……询问我的人翻遍了名单，和我提到了名单上的每个人……但是我一个也不认识……”

达拉加纳真想拥有这张名单。它一定能够帮他找到安妮的痕迹，但是所有这些人都已经融化在自然之中了，他们换了姓氏，换了名字，换了脸。安妮本人也不会再叫安妮了，如果她还活着的话。

“那个孩子呢？”达拉加纳问道：“您有孩子的消息吗？”

“没有。我也经常在想，他现在怎么样了……他的生活有个这样奇怪的开始……”

“他们应该给他注册了学校……”

“是的。拉弗莱小学，伯福隆街。我记得我还给他开过病假条，证明他得了感冒，不能去学校。”

“那在拉弗莱小学或许能够找到他的痕迹……”

“不，很遗憾。两年前，拉弗莱小学拆了。那是一所很小的学校，您知道的……”

达拉加纳回忆起学校课间休息的小院子，煤渣地，梧桐树，还有在阳光的午后，树叶的绿色和煤渣地面的黑色之间的反差。回忆起这一切他甚至无需闭上眼睛。

“学校已经不在了，不过我可以带你去看一下房子……”

再一次，达拉加纳觉得伍斯特拉医生已经猜到他是谁。但是这不可能。他和这个孩子之间没有任何共同之处，那个孩子他已经放下了，和其他人一起放下了，安妮、罗杰·文森特以及那些在夜里开着汽车来，名字出现在名单上的人——一张沉没之船的乘客名单。

“他们给了我一把房子的备用钥匙……倘若我的病人想看看的话……房子要卖……但是这里的病人不多。我带您去？”

“下次吧。”

伍斯特拉医生显得有些失望。事实上，达拉加纳想，他很高兴接待我，和我聊聊。通常，在这没完没了的休息日的下午，他都是一个人。

“真的吗？您一点都不想看看？这可是圣勒最老的房子之一……正像这名字的含义一样，它是在一所旧的麻风病院上建成的……也许这对您的小册子来说有点意义……”

“下次吧，”达拉加纳说，“我答应您，我会再来的。”

他没有走进那所房子的勇气。他情愿它停留在记忆里，和其他一些地方一样，曾经很亲近，有时在梦中也会重回：表面上还是同样的地方，但已经浸透在一种不太寻常的氛围里。过于刺眼的遮蔽？或者光线？在这些梦里，你会和你喜欢的人重逢，可你知道他们都已经不在了。如果你和他们说话，他们听不见你的声音。

“家具还是十五年前的那些？”

“没有家具了。”伍斯特拉医生说，“所有的房间都空着。花园成了真正的原始树林。”

安妮的房间就在走廊的另一头，有时在他半梦半醒之间，他会听到传来说话声和笑声的地方。她和克莱特·洛朗在一起。但是，经常是个男人的说话声和笑声，只是这个男人，白天他在房子里从来没有撞见过。这个男人应该一早就走了，早在学校上课之前。一个一直待到最后的陌生人。还有另一个更加确切一点的记忆，无需努力便能够浮现出来，就像那些小时候学会的歌词，终其一生你都能够烂熟于心，可你从来不曾明白其中的意思。达拉加纳卧室的两扇窗都朝着马路，当然已非现在的那条马路，那时马路尚被树影笼罩着。面向着床的那面白墙上，挂着一幅彩色版画，上面有花、水果、树叶，下方用粗体字写着：颠茄和天仙子。稍微大一点的时候，他才明白是植物的名字，可在当时，他感兴趣的就是辨别这些字母：BELLADONE，JUSQUIAME，这是他最早会念的两个词。两扇窗间还有另外一幅版画，画的是一头黑色的公牛，斜着脑袋，用一种忧郁的眼神定定地望着他。这幅版画下面有个传奇的名字：霍斯坦因圩地公牛，字体比颠茄和天仙子要小些，也更加难以辨识。但是几天之后他也都认了出来，而且把这些词统统抄在安妮给他的一叠信纸上。

“如果我没理解错的话，医生，他们在搜查的时候什么也没找到，是吗？”

“我不知道。他们搜查了好几天，把房子翻了个遍。或许那些人藏了什么东西……”

“关于这次搜查，那时的报纸上没有文章谈起吗？”

“没有。”

一时间，达拉加纳的脑海中浮现了一个梦幻计划。借助这本他才写了两三页纸的书的版税，他可以买回这座房子。他会选择必要的工具：螺丝刀，锤子，撬棍，钳子，然后仔细地搜寻一番，搜上好些日子。他就把客厅和房间的细木墙裙拆了，镜子都打碎了，看看他们究竟藏了什么。他会去找房子里的秘密楼梯，隐秘的门。最终他也许可以找回失去的东西，他从来不能够和别的任何人谈起的东西。

“您应该是坐公共汽车来的吧？”伍斯特拉先生问道。

“是的。”

医生看了看腕表。

“很抱歉，我不能开车送你回巴黎。最后一班开往阿尼耶门的车在二十分钟后。”

出门后，他们顺着艾尔米塔日街往前走。他们走过原先的花园围墙，如今的水泥大楼，但是达拉加纳不想提起这面消失的墙。

“雾真浓，”医生说，“已经是冬天了……”

接着他们在静默中前行，两个人彼此挨着，医生身姿笔挺，就像旧时的骑兵军官。达拉加纳不记得小的时候，夜晚，曾经这样在圣勒拉弗莱的街道上走过。除了有一次，圣诞节前夜，安妮带他去午夜弥撒。

汽车在等，引擎已经发动。看上去，他会是唯一的乘客。

“我非常高兴和您聊了一下午，”医生伸出手道，“我希望能有关于你这本写圣勒的小书的消息。”

就在他即将上车的那一瞬，医生拽住了他的胳臂。

“我想起一件事情……关于马拉德莱里以及您谈到的那些古怪人的事情……最好的证人应该是曾经住在房子里的那个孩子……应该找到他……您不觉得吗？”

“这恐怕很困难，医生。”

他在车子最后面找了个座位，转头透过车窗望去。伍斯特拉医生仍然站着，一动不动，也许等着车子在第一个路口转弯再离开。他冲他招了招手。

在书房里，达拉加纳最终还是决定把电话和答录机的线重新插好，万一尚塔尔·格里佩要找他呢。但是也许从夏尔波尼埃赌场回来以后，奥托里尼与她寸步不离。她得拿回这件绣有燕子的黑裙。裙子就垂在那里，在沙发椅背上，就像那些不想与你分离，一生都追随着你的物件。例如在他年轻的时候，他花了几年才摆脱的那辆蓝色大众车。然而，每次他换了住处，他总是发现，那辆车依然停在他家楼前——这一现象持续了很长时间。它对他极其忠实，无论他走到哪里，都跟着他。但是他丢了钥匙。接着，有一天，它不见了，也许到了意大利门附近的某个废车场，废车场如今也不在了，原来的地址上架起了通往南方的公路。

他本想找到《回到圣勒拉弗莱》，书的第一章，但是他的找寻徒劳无果。这天夜里，当他欣赏隔壁院子的榆树叶时，他对自己说，他已经撕毁了第一章。他可以肯定。

他也取消了第二章《布朗什广场》，那是顺着《回到圣勒拉弗莱》的思路写下来的。就这样，因为想着要修正错误的开始——这是一个颇为沉重的念头，他完全从头来过。然而，他对于第一部小说保有的唯一记忆，恰恰是取消掉的这两章内容，那可是用来支撑所有剩下部分的木桩呀，或者说是脚手架，一旦小说完成，就可以全部拆掉了。

《布朗什广场》他也写了二十来页，是在古斯都大街11号，一所旧旅馆的房间里完成的。他又一次住在蒙马特脚下，因为安妮，他又在十五年后重新发现了这个街区。的确，他们离开圣勒拉弗莱之后，在这里逗留过几天。正是出于这个原因，他觉得如果是回到和她一起认识的地方，或许写起书来会容易一些。

这些年来应该有些改变，但是他几乎没有发现。四十年后，已经到了二十一世纪，某一个下午，他坐在出租车上，偶然穿越了这个街区。因为堵车，车子停了下来，就在克里西大街和古斯都大街的交汇路口。有几分钟的时间，他根本没有认出这个地方，就好像被打了麻醉剂，在自己的城市里，他成了一个外国人。但是对于他来说这也无关紧要。随着时间的流逝，建筑物的墙面和一个个十字路口已经成为他内心的风景，足以覆盖现在这个过于平滑、过于标本化的巴黎。他相信，就在右手边，他看见了古斯都大街修车行的标识，他很想让出租车司机在这里放下他，这样，他就可以在四十年后重新回到他以前住的房间。

就在那个时候，从他住的房间往上的楼层正在改造，要改造成单身公寓。他不想在锤子敲墙的声音里写书，于是他就躲到布杰街的咖啡馆里，布杰街和古斯都街交界，他的房间正好朝向那间咖啡馆。

下午，这间叫做“阿埃罗”的店往往一个顾客也没有，与其说是间咖啡馆，毋宁说是个酒吧，因为浅色的木质墙裙，箱式天花板，还有带隔栅遮窗的彩色玻璃。一个四十来岁的棕发男人站在柜台后面看报纸。下午的时候，他会从一个小楼梯溜走。第一次，达拉加纳付账的时候，怎么叫也没有人应答。接着，他就习惯了他不在，在桌上留下一张五法郎的票子。

过了几天，那个男人才开口和他说话。一直到那时为止，这男人都是在故意忽视他的存在。每次达拉加纳点咖啡的时候，他都装作没有听见，而听到大咖啡壶开始运作，达拉加纳都觉得非常惊奇。他把咖啡放在他的桌上，根本不看他。而达拉加纳坐在咖啡馆最里面的地方，似乎也想让别人忘了他的存在。

有天下午，他改完手稿，听见一个低沉的嗓音说：

“您结账吗？”

他抬起头。柜台后，那个男人冲他笑了一下。

“您来的时候不好……下午这里是一片沙漠。”

他走向他坐的桌子，嘴角边始终带着讽刺的微笑：

“可以吗？”

他拉开椅子，在他对面坐下。

“您究竟在写什么？”

达拉加纳犹豫着怎么回答。

“一部侦探小说。”

对方摇摇头，凝重地看着他。

“我住在街角的那幢楼里，可是他们正在施工，太吵了，我没法儿工作。”

“布杰街的旧旅馆？修车行对面的？”

“是的，”达拉加纳说，“您呢？在这里已经很长时间了吗？”

达拉加纳习惯于把话题岔开，这样可以避免谈论自己。他的方法就在于用一个问题回答另一个问题。

“我一直在这个街区。以前，我开了一家小旅馆，稍微南面一点，拉夫里艾尔街……”

这个词，“拉夫里艾尔”让他的心狂跳起来。和安妮一起离开圣勒拉弗莱来到这个街区，他们俩就住在拉夫里艾尔街的一间房子里。她经常不在，所以她给了他一把钥匙：“如果你出去，别迷路了。”在一张纸上，她用她特有的大大的字体写下了“拉夫里艾尔街 6 号”，一折四后放在他的口袋里。

“我认识一个在那里住过的女人，”达拉加纳用平常的语调说道，“安妮·阿斯特朗。”

那个男人看了他一眼，不无惊讶。

“那你那时候应该很小。那是二十来年前的事情了。”

“是的，我应该十五岁左右。”

“我更了解她的兄弟皮埃尔。他住在拉夫里艾尔街。他在旁边开了间修车行……但是我已经很长时间没有他的消息了。”

“您还记得她吗？”

“一点点……她很年轻的时候就离开了这一带。据皮埃尔跟我说，她得到一个女人的保护，那个女人是开夜总会的，在蓬蒂厄街……”

达拉加纳在想，他是不是把安妮和另一个女人混了起来。再说她的一个朋友，克莱特，她是经常到圣勒拉弗莱去的，有一天，他们开车送她回来，在香榭丽舍大街花园附近的一条有邮票市场的街上。是蓬蒂厄街吗？她们俩一起进了一幢建筑物。而他坐在汽车后座等安妮。

“您知道她怎么样了吗？”

男人怀疑地看着他。

“不知道。为什么？她真的是您的朋友吗？”

“我小时候认识她的。”

“哦，那就不一样了……有时效的问题……”

他又浮现出那样的微笑，冲达拉加纳弯过身。

“那会儿，皮埃尔和我说过她有麻烦，说她进过监狱。”

*

他和佩兰·德拉拉说的一样，就在上个月的某个晚上，他在咖啡馆的平台上遇见了德拉拉，他一个人坐着。“她进过监狱。”可两个男人的语调不同：佩兰·德拉拉是略带怀疑，保持一定的距离，就好像达拉加纳强迫他谈论一个不属于他的世界的人；但这个男人的语调里有一种熟络，因为他认识“她的兄弟皮埃尔”，而且，“进过监狱”对于他来说是件极其普通的事情。是因为那些——他曾经和达拉加纳说过——晚上十一点才陆续到来的顾客吗？

他曾经想过，如果安妮还活着，或许会告诉他答案。后来，书出版了，他有机会与她再次相见，可他没有问她任何关于这方面的问题。她不会回答的。他也没有谈起拉夫里艾尔街的房间，没有谈起写有他们居住地址的，一折为四的纸头。这张纸不见了。即便十五年来，他一直保留着，即便给他看，她也会说："可是，我的小让，这根本不是我写的。"

阿埃罗的男人也不知道她为什么进监狱。"她的兄弟皮埃尔"没有和他谈起过这件事的始末。但是达拉加纳记得，他们离开圣勒拉弗莱的前一天，她显得非常紧张。她甚至忘了在四点半的时候到学校门口接他，他独自一人回的家。当然独自回家他也不觉得有什么。很简单，只要顺着街道一直往前走就可以了。安妮当时在客厅里打电话。她冲他做了个手势，然后继续打电话。晚上，她把他带进自己的卧室，他看着她往一个箱子里装满了自己的衣服。他很怕她会留下他一个人在这房子里。但是她对他说，明天，他们俩一起去巴黎。

晚上，他听见安妮的卧室里传出声音。他听出是罗杰·文森特的声音。过了一会儿，美国汽车的马达声渐渐远离，直至消失。他很害怕听到安妮的汽车也有启动的声音。接着他就睡着了。

*

有天下午，在写了两页之后，他走出阿埃罗咖啡馆——旧旅馆差不多每天晚上六点钟停工，他突然想，十五年前，安妮不在的时候，他是否走到过这里。他一个人散步的时候不太多，而且比记忆里的时间要短。安妮真的会让小孩子独自一人在这一带游荡吗？她亲笔写下的，一折为四的地址——这个细节他是不可能自己臆造出来的——就是很好的证明。

他记得自己曾经走过一条街，在街道的尽头他看见过红磨坊。但是过了大道的隔离带他就不敢走过去了，因为害怕会迷路。总之，他当时再多走几步，应该就到了他现在所处的区域。想到这一点，他觉得很滑稽，就好像时间不复存在。已经有十五年了，他独自一个人在这附近逛着，在七月的阳光下，而现在是十二月。每次他走出阿埃罗咖啡馆，天都已经黑了。但是对于他来说，突然，季节和岁月就混在了一起。他决定一直走到拉夫里艾尔街那里——和过去的路程一样，往前，一直往前。街道都是斜坡，往下走的时候，他几乎能够确认自己是在逆着时间之流而上。夜晚在喷泉街那里就会渐渐明亮起来，到那里，白天到来，他会再次回到七月的阳光下。在一折为四的纸上，安妮可能不仅仅写下了旅馆的地址，可能还有这些词：这样你就不会迷路。大大的字体，是那种旧时代的字体，现在，在圣勒拉弗莱学校里再也学不到的字体。

洛莱特圣母院街的斜坡比前面那个街道的斜坡要陡。就听凭自己这么滑下去就行。就在稍微低一点的地方。左手边。只有一次，两个人在夜幕降临的时候回到了旅馆的房间里。那是他们上火车前的一晚。她把手放在他的脑袋上，或是脖子上，那是保护者的手势，为了放心，知道他始终在她的身边。他们从特拉斯饭店回来，在桥的那一边，桥下方就是公墓。他们走进这间旅馆的时候，他认出了罗杰·文森特，他坐在旅馆大厅深处的一个扶手椅中。他们和他一起坐了下来。安妮和罗杰·文森特在说话。他们忘记了他的存在。他听他们说，可没听明白。他们的声音太低了。有一阵，罗杰·文森特重复着同一句话：说安妮必须"坐火车"，把车"留在修车行"。她不同意，但是她最后还是对他说："是的，你说的有道理，这更保险。"罗杰·文森特转向他，冲他笑了一下："瞧，这是你的。"然后他递给他一个海蓝色的本本，让他打开。"你的护照。"他认出了照片上的自己，就是在快照馆照的那张，每次，过于强烈的闪光都会让他闭上眼睛。他在护照的第一页上读到了自己的名字，还有他的出生日期，但是姓不是他的，而是安妮的姓：阿斯特朗。罗杰·文森特用低沉的嗓音对他说，谁陪着他，他就必须用谁的姓，不过他有这个解释就足够了。

回来的时候，安妮和他走在林荫大道的隔离带上。走过红磨坊，他们转上了一条小街，左手边，小街的尽头是修车行的墙面。他们穿过一个充斥着赭土和汽油味的机车库。尽头是一间玻璃房。一个年轻男人站在桌子后面，就是那个有时会来圣勒拉弗莱，有个下午还带他去看过美德拉诺马戏团的年轻男人。他们说了一会儿安妮的汽车，汽车就停在那里，靠着墙，一眼就看得见。

他和她一起走出修车行，天已经黑了，他试着辨认灯光标识上的字："布朗什广场修车行"，而十五年后，从古斯都街 11 号的旅馆房间里弯下身，他又一次读到了这些字。标识打在正对着他的床的墙上，隔栅的形状，他关上灯，试图进入梦乡。他睡得很早，因为旅馆的工程每天早晨七点钟开始。如果晚上睡得不好，第二天很难有精力写作。在半梦半醒之间，他听到了安妮的声音，离他越来越远，他只听见了其中的一段："这样你就不会迷路……"第二天在房间里醒来，他意识到，穿过这条街需要十五年的时间。

*

在去年的这个下午，二〇一二年十二月四日——他把这一切记在了记事簿上——车堵得严严实实，他问司机是否可以右转到古斯都街。刚才他还以为自己看到了修车行的标识，实际上他弄错了，因为修车行已经不在。在同样的人行道上，是一家名为“虚空”的店的黑色木质门脸。两旁的建筑物墙面看上去很新，就好像是一层白色的涂料，或是一张白色的玻璃纸，完全抹去了过去的缝隙和斑点。而再往里去，是彻底的剥离，最终必将是一片空茫。布杰街，一面白墙取代了阿埃罗咖啡馆的木质墙裙和彩色玻璃，那种中性的，忘却的白色。他也一样，在四十多年的时间里，他为这段时光涂上了白色，这是他的第一部小说讲述的时光，也是他一个人走在街头的时光，口袋里塞着一折为四的纸条：**这样你就不会迷路**。

*

那天晚上，从修车行出来之后，安妮和他，他们没有穿过马路。他们应该走过这家叫做“虚空”的店。

十五年后，“虚空”还在。可他不是很想进去。他害怕会坠入一个黑色的大洞。再说，他没看见有人进门。他曾经问过阿埃罗咖啡馆的老板，这家店里是哪类的表演——“我想十六岁的安妮应该就是在那里出道的。好像客人都是待在黑暗里，还有垂着死人脑袋的女骑手和脱衣舞女”。那天晚上，走过这间“出道”时的店门口，安妮有没有偷偷瞥上一眼呢？

穿过林荫大道的时候，她握着他的手。这是他第一次看见夜晚的巴黎。他们没有走喷泉街，虽然他白天一个人走的时候习惯走那里。她领着他一直沿着隔离带走。十五年后，他走在同一条隔离带上，冬天，走在为圣诞节集市临时搭建的棚屋后面，他的目光无法从那些白色霓虹灯光上移走，因为向他发出莫尔斯密码的这些符号已经越来越暗淡了。似乎是最后一次亮起，而它们仍然属于他和安妮一起在街区里的那个夏天。他们究竟待了多少天？几个月？几年？就像那些在你看来如此漫长的梦，然而就在你突然醒来的那一瞬，你才倏然发觉，这些梦竟然只有几秒钟的时间？

一直走到拉夫里艾尔街，他感觉到她的手在他的脖子上。他还是个孩子，有可能随时跑开，被车压倒。走到楼梯口，她把食指放在唇上，提醒他轻轻地上楼。

*

这一夜，他醒了好几次。他和安妮睡一间房，他睡沙发，安妮睡大床。他们的两个箱子放在床尾，安妮的箱子是皮的，他的箱子小一点，是白铁的。半夜她起过床，离开了房间。他听见她在隔壁房间和一个男人说话，那个男人应该是她的兄弟，修车行的那个。第二天早晨，一大早她就轻轻抚弄着他的额头，叫醒了他，他们和她的兄弟一起吃了早饭。三个人一起坐在桌边，她在他的包里翻了一阵，因为她害怕他把罗杰·文森特给他的那个海蓝色本本搞丢了，他的“护照”，上面的名字是“让·阿斯特朗”。可是没有，本本在包里，好好的。后来，在古斯都大街住的那个时期，他才会想，究竟是什么时候丢了那本本的，那本假护照。也许是少年时期，他被第一个寄宿学校打发回家的时候。

安妮的兄弟用车把他们送到里昂火车站。火车站有很多人，在站前的人行道和候车厅里走起来都很是费劲。安妮的兄弟拿着箱子。她在柜台前等着拿火车票，而他则和放下行李的安妮的兄弟待在一边。得小心翼翼，不要让那些人撞到你，还有推行李车的搬运工，否则小车的轮子就有可能从你脚上轧过去。他们到得晚了，不得不在站台上奔跑，她紧紧地握着他的手腕，唯恐他在人群中走失，而她的兄弟则拿着箱子跟在他们后面。他们跳上了前面的一节车厢，安妮的兄弟就在他们身后。走廊里全是人。安妮的兄弟把箱子放在车厢前面，和安妮拥抱了一下。接着，他冲他笑笑，在他耳边说："记住了……从现在开始你叫让·阿斯特朗……阿斯特朗。"他差点没时间下去，在站台上，他冲他们招手。火车开始滑动，有个车厢还有个空座。"到那里去坐下，"安妮对他说，"我就留在走廊这里。"他不想离开她，安妮抓过他的肩膀将他拉过去。他害怕她会丢下他一个人，但是那个位置就在车厢门边上，他可以随时看到她。她没有动，就站在走廊里，时不时地，她会转过头冲他笑笑。她用银色的打火机点燃了一支烟，将额头抵在门玻璃上，应该是在欣赏风景。他低下头，不想与车厢里其他旅客的目光交汇。他害怕他们会问他问题，那些成人看见小孩儿一个人的时候，通常都会这么做的。他想起来，问问安妮，他们的两个箱子是不是还在原地，车厢前面的地方，是不是有人会偷了他们的箱子。这时她打开车厢的门，冲他弯下身，在他耳边轻声说："我们去餐车。我可以和你坐在一起。"他觉得车厢里的旅客都在打量他们俩。画面随着火车的颠簸彼此交织着，就像坏了的电影胶片。他们沿着车厢的走廊往前走，安妮拉着他的脖子。穿过一节节车厢的时候，他真是害怕，因为火车摇得那么厉害，他害怕自己会跌倒。安妮抓住他的胳臂，以防他失去平衡。他们面对面坐下了，在餐车的一张桌子边。运气不坏，他们能够单独坐在一起，不过其他餐桌边也几乎没有什么人。就冲这一点，这餐车和他们刚才经过的车厢都不一样，因为那里的走廊和车厢里挤满了人。她用手轻轻抚过他的脸颊，对他说他们尽可能坐在这里，除非有人来打扰他们，能坐多久就坐多久，直到旅行结束。但让他担心的是留在另一节车厢前面的那两个箱子。他在想，他们会不会丢了那两只箱子，或者有人已经偷去了。他应该是在一本书里读到过类似的情节，那是罗杰·文森特给他带到圣勒拉弗莱的，一套绿色系列丛书中的一本。也许正因为读过这个故事，他的一生都在被一个梦纠缠：在火车上丢了箱子，或是火车带着箱子走了，可是人却留在站台上。如果今天他能够回忆起所有的这些梦，大约他丢的箱子早已成百上千。

“别担心，我的小让。”安妮冲他笑着说。这些话让他感到安心。午饭后，他们还坐在餐车相同的座位上。车子在一个大火车站停了下来，他问她，他们是不是已经到了。还没有，安妮回答说。她对他解释说，现在应该是晚上六点左右，而且火车到这座城市的时候，总是同一个时刻。若干年后，他经常坐同一班火车，他终于知道他们在冬天的傍晚抵达的城市叫什么名字。里昂。她从手提包里拿出一副牌，试着教他占卜，可是他一点儿也没搞懂。

他从来没有经历过那么长时间的旅行。没有人过来打扰他们。“他们把我们给忘记了。”安妮对他说。而关于这一段的经历也同样遭到了忘却的啃噬，除了几幅明确的画面，胶片快速滑动，终于停了下来，定格。安妮在手提包里找了一会儿，将海蓝色的本本递给他——他的护照——让他记住他的新名字。再过几天，他们要穿越“边境”，到另一个国家，在一个叫做“罗马”的城市。“记住这个名字：罗马。我向你保证，在罗马，他们找不到我们。我在那里有朋友。”他不是很明白她在说什么，但是因为她笑了，他也跟着笑。她又重新开始占卜，他看着她将扑克牌在桌上摆成一列又一列。火车又在一个大站停了一次，他问她，他们到了没有。没有。她把牌给他，他玩的方式就是把扑克牌按不同的颜色分开。黑桃，方块，梅花，红桃。她对他说，现在该去找箱子了。于是他们沿着相反的方向穿越车厢的走廊，她一会儿抓住他的脖子，一会儿抓住他的胳臂。车厢和走廊都已经空了。她说，所有的旅客都在他们之前下车。一列幽灵火车。他们在同样的地方，那节车厢的前部找到了他们的箱子。天黑了，他们俩站在一个小火车站空旷的站台上。他们沿着铁轨旁的一条路走了一会儿。在一堵围墙中间的门前，她停了下来，从包里掏出一把钥匙。然后他们在黑暗中继续前进。一幢白色的大房子出现在他们面前，窗户里都亮着灯。他们走进一间非常明亮的房子，房子里铺着黑白相间的石板。但是，在他的记忆里，这座房子已经和圣勒拉弗莱的房子混在了一起，也许是因为他和安妮一起在那里度过的时间不多。因此，他觉得在这里睡的房间和圣勒拉弗莱的是一样的。

二十年后，他再次来到天蓝海岸，他觉得自己认出了那个小车站，还有铁轨边的那条小路，房子外的围墙。海边的埃兹。他甚至问过海滩上一家饭店的老板，那老板长着一头灰色的头发。“应该是埃斯泰尔海岬的昂布里科老屋……”他其实只是很偶然地记下了那房子的名字，但是那个男人说：“一位文森特先生在战争期间买下了它。后来它在查封的财产清单上。现在那里已经改成了饭店。”听到这里，他感觉到了害怕。不，他不是为了认出这些地方才回来的。他害怕，直到那时为止深深埋藏的忧伤会燃起漫长岁月的导火线，一路蔓延。

他们从来没有去过海滩。下午，他们留在花园里，在花园里可以看见海。安妮在家里的车库里找到一辆车，比圣勒拉弗莱的车还要大。晚上，她带他去饭店吃饭。他们沿着峭壁旁的公路往前开。她告诉他，他们就坐这辆车穿越“边境”，一直到“罗马”。最后一天，她离开花园去打电话，她显得很焦虑。他们面对面地坐在游廊下，他看她玩占卜。她低垂着脑袋，皱起眉头。每每将一张牌放在其他的牌后面，她仿佛都要思考很久，但是他注意到，一滴泪水从她的面颊上滑落，如此微小的一滴泪水，几乎察觉不到，就像那天，在圣勒拉弗莱，他和她坐在车里的时候。晚上，她在隔壁房间打电话，他只能听见她的声音，却听不清她在说什么。早上，他被透过窗帘照进房间的阳光弄醒了，阳光在墙上投下黄色的光斑。开始的时候，似乎一切照常：轮胎在砾石上摩擦发出的声音，然后是渐渐远去的马达声，需要一点时间，你才能明白过来，房子里只剩下了你一个人。